작가 김환철

최초의 서점용 무협, 베스트셀러 <발해의 혼>

중국 iReader와 수출 계약 체결(2017)

콘텐츠진흥원-스토리창작센터-개소식 축사

한국인터넷대상에서 국무총리상 수상

서울대학교 최고경영자과정 졸업식

수업 동기들과 함께

제1회 대한민국 웹소설 공모대전 시상식(2015)

이야기 산업의 성공신화를 쓴 김환철 – **누구 시리즈 4**
김환철 지음

초판1쇄 발행 2017년 12월 19일

지은이   김환철
펴낸이   방귀희
펴낸곳   도서출판 솟대
등 록   1991년 4월 29일
주 소   서울시 금천구 서부샛길 606, 대성지식산업센터 b동 2506-2호
전 화   02)861-8848
팩 스   02)861-8849
홈주소   www.emiji.net
이메일   klah1990@daum.net

제작 · 판매 연인M&B 02)455-3987

값 10,000원

ISBN 978-89-85863-63-6 03810

주최 사 한국장애예술인협회

후원 문화체육관광부   한국장애인문화예술원
Korea Disability Arts & Culture Center

국립중앙도서관 출판시도서목록(CIP)

이 도서의 국립중앙도서관 출판예정도서목록(CIP)은 서지정보유통지원시스템 홈페이지
(http://seoji.nl.go.kr)와 국가자료공동목록시스템(http://www.nl.go.kr/kolisnet)에서
이용하실 수 있습니다.

CIP제어번호 : CIP2017030907

4
누구 시리즈

이야기 산업의
성공신화를 쓴 김환철

김환철 지음

작가 금강에서 200억 매출의
'문피아' 대표가 된 스토리

도서출판
솟대

나의 목표는 세계로

―장애는 불행하다. 라고들 한다.

그럼에도 사람들은 또 이야기한다. 신체적 장애보다 마음의 장애를
가진 사람이 더 불행하다. 더 불쌍하다.

과연 그럴까?

사람은 언제나 내가 느끼는 것이 가장 절실하고, 또 그것만이 실제
다. 나머지는 아무리 좋게 이야기를 해도 역지사지(易地思之), 다른 사람의
처지를 헤아릴 뿐이다.

그런 의미에서 신체적 장애는 천형(天刑)이고, 내게는 가장 불편하고,
가장 불행한 일임이 분명하다.

하지만 이 장애는 되돌릴 수 없다.

오래전 드라마처럼 600만 불의 사나이가 되어 다시 서게 되는 날이

올 수 있다면, 줄기세포가 빛을 보게 된다면, 게놈의 DNA 변형이 이루어지는 날이 온다면, 안드로이드가 현실로 나타날 수가 있게 된다면, 아니 인체의 복제가 이루어져 10살 이전의 내 몸으로 돌아갈 수 있다면, 올림픽에서 100m 경주 금메달을 따지는 못하더라도, 다른 사람과 같이 걷고 뛸 수 있다면, 그렇게 되돌릴 수만 있다면…….

　많은 상상을 하지만 현실에서의 실현은 아직 요원할 뿐이다.
　그럼 그 요원한 미래를 기다리며 나는 오늘 무엇을 해야 하는 것일까?
　뭘 하려고 할 때마다, 행동 하나하나마다 갖가지 제약이 따른다.
　신체장애로 먼 곳으로 여행을 가기조차 어렵다.
　그렇다고 한탄하고 절망하면서 하루하루를 헛되이 보낼 것인가.

　가장 싫었던 것이 인간의 삶이 아닌, 기생충의 삶을 살게 되는 것이었다.
　유복자로 태어나 홀어머니 밑에서 형제조차 없이 자라면서, 이불 위에

서 다짐하고 다짐했다. 커서도 어머니께 짐이 되는 자식이 되지는 말자.

거창한 목표는 부질없다.

오늘 하루하루를 헛되이 소비(spend)함이 싫을 뿐이다.

그래서 내 좌우명은 일신우일신(日新又日新)이다.

대학(大學)에서 이 글귀를 처음 보고 평생 곁에 두기로 했다. 그때 나이 열여섯쯤이었으니 평생을 지켜 온 셈이다.

어제보다 나은 내가 된다면, 그렇다면 밥벌레는 면할 수 있지 않을까.

중용(中庸)을 보면서 넓음을 배웠고, 채근담(菜根譚)을 보면서 안정을 찾았다. 헤세의 실달다(悉達多)를 보면서 끓어오르는 마음의 고요를 생각하게 되었다.

그렇게 매일을 살았고, 이제 뒤를 돌아보면 크게 후회되지는 않는 삶이라고 생각할 수 있게 되어 다행할 따름이다.

힘이 닿는다면 나머지 삶에서 "세계로"라는 마지막 목표를 이루고
자 한다.

평생을 옆에서 묵묵히 힘이 되어 준 집사람에게 진심으로 고마움을.

2017년 겨울
작가 김환철

차례

의료사고로 얻은 장애

...

　태어날 때의 몸무게 10.3kg. 내 생전 처음 받아 보는 큰 아기라고 산파 할머니가 놀랐던 아이. 태어나서 3살짜리 아이의 옷을 입어야 했던 아이. 동네 아이들보다 목 하나는 더 컸던, 아이는 온 동네 아이들을 휘어잡았던 골목대장인 유년 시절을 보냈다.

　어머니는 학교조차 네가 크면 서울대학교가 아니라 우주대학으로 보낼 거라고 자랑하는 아들이었다. 우주에 대학이 있을 리 없지만, 그만큼 특별하게 생각한다는 의미였다. 그렇게 무럭무럭 자라다 초등학교 2학년 겨울방학이 되었을 때, 12월 말. 그렇게 건강했던 아이가 갑자기 고열에 시달리기 시작했다. 감기려니 하고 동네 병원에서 치료를 받았지만 열이 떨어지지 않았다. 상태가 점점 더 심해져, 결국 당시 살던 대구에서 가장 큰 종합병원인 동산기독병원으로 가서 종합 검사를 받기로 했다. 엄마의 손을 잡고 병원으로 가 입원하자마자 각종 검사가 시작되었다. 온갖 검사를 받으며 시달린 아이는 밤새 저린 다리에 신음했다.

"철아!"

엄마의 비명. 다음 날 검사를 받으러 가려던 아이는 설 수가 없었다. 아니 다리가 움직이지 않았다. 마비가 온 것이다. 병실이 발칵 뒤집히고, 소아과로 입원했던 아이는 급거 신경외과로 전과되어 검사를 받았다.

병원에서는 척추에 물혹이 생기면서 혹이 신경을 눌러 마비가 온 것이라며 오늘 중으로 수술하지 않으면 마비가 심장까지 압박하여 생명이 위험하다고 하였다.

운명의 1월 27일. 진단은 저녁에 내렸고, 그날 밤 9시. 바로 수술을 하게 되었는데 5시간 이상을 예상했던 대수술은 불과 1시간 만에 끝났다. 열어 보니 혹이 없었다는 것이다. 어이없는 오진이었다. 한 아이의 일생을 결정지은 무책임한 진단과 수술. 그렇게 하루가 이틀이 지나도 마비의 원인은 찾지 못했다. 그런 상태에서도 마비는 시시각각 위로 올라오고 있었다. 이유를 찾지 못한 채, 아이는 계속 고열과 통증에 시달려야 했다. 그리고 사흘째가 되던 날 마비는 계속 가슴까지 올라와 심장이 뛰었다 멈추었다 하는 위급한 상황이 되었다.

멀쩡했던 어린 아들의 이런 상태에 어머니는 말 그대로 혼비백산, 정신이 없는 상태라 쓰러져 옆에서 링거를 맞고 있을 정도로 탈진한 상태였다. 아이는 그런 어머니를 불렀다.

"엄마, 의사 선생님을 불러 주세요."

오진한 신경외과 과장은 지난 사흘간 나타나지도 않았었다.

어린아이, 환철은 이대로 있어 죽을 것이 맞는다면 다시 한 번 수술을 해 달라고 의사에게 부탁했고, 의사는 신경외과 과장에게 연락했

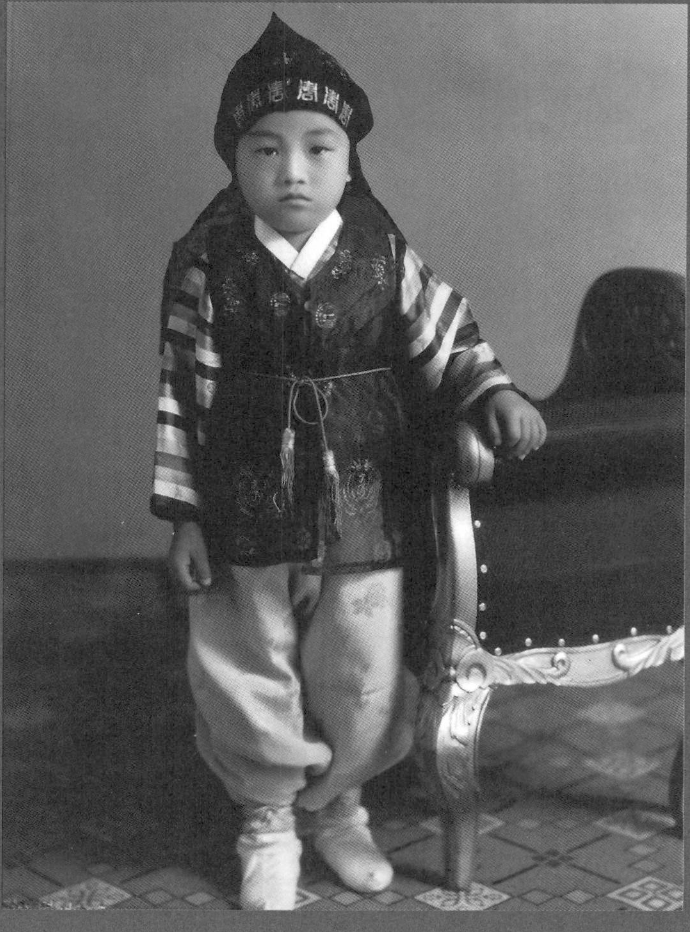

김환철 두 돌 사진

다. 그리고 그날 밤, 처음 수술한 지 3일 만에 환철은 다시금 수술대에 오르게 되었다. 그날 밤의 수술은 9시간이 넘게 진행되었지만, 정상이 될 순 없었다. 고작 더 이상의 마비가 진행되는 것을 막았을 뿐. 마비가 된 하반신은 다시 돌아오지 않았다. 멀쩡하게 걸어서 들어갔던 아이가 병원에서 나올 때는 엄마 등에 업혀서 나와야만 했다. 후일 알게 되었지만, 당시는 척추 수술을 하면 갈비뼈를 들어냈다. 후일 그것이 얼마나 잘못된 것인가를 알게 되었지만 이미 일은 저질러진 다음이었다. 수술하는 과정에서 척수 신경을 끊어 버려 다시 손을 쓸 방법조차 없다고 했다. 분명한 의료사고였으나 그 당시는 그런 개념조차 정립되지 않았을 때라, 더 이상 차도가 없는 병원에 있기보다는 어떻게든 낫게 해 보기 위해 어머니는 퇴원을 결심했었다.

그렇게 어린아이인 환철의 운명은 의사의 실수로 결정지어졌다.

10살이 되던 해였다.

2년 뒤, 서울에 올라와 연세의료원 신경외과에서 받은 진단은 그런 경우는 일시적인 마비로 수술하면 안 되는 상태였다고 했다. 치료하면서 기다리면 마비가 다시 풀린다는 것이다. 너무나 억울하고 너무나 안타까운 일이었지만 이미 상황은 돌이킬 수가 없었고, 고소하고 싶었지만, 진단서를 끊어 주지 않으니 방법이 없었다.

책과 함께 보낸 유년

...

환철은 아버지 얼굴을 보지 못했다. 그가 채 태어나기 전인 임신 8개월 때 사고로 돌아가셨기 때문이다.

유복자로 태어났지만, 환철은 그것을 크게 느낀 적이 없었다. 어머니는 세상 그 누구보다 넘치는 사랑을 환철에게 주었다. 당시 나는 새도 떨어뜨린다는 공화당에서 여성으로는 요직에 계셨던 어머니는 삶의 모든 것을 아들을 위해 썼다. 정치를 할 수 있었고, 실제로 어머니의 여성 동료들은 여러 명이 국회의원이 되기도 했지만, 어머니는 아들을 위해 공무원으로 전직했다.

전국에서 여성으로는 처음으로 대구시청에서 과장이 될 정도로 능력이 있었던 어머니는 살림을 하면서도 변함없이 아들을 지키고 뒷바라지하였다. 그날 이후 바깥출입을 하지 못하는 아들이 좌절하지 않고 절망에 빠지지 않도록 세심하게 돌보고 사랑했다.

그러나 병석의 환철은 어머니가 출근하면 혼자서 시간을 보내야 하였다.

그런 상태에서 환철은 엎드린 채 책을 읽었다. 만화책에서 위인전으로 세계명작으로, 인문철학으로 혼자 읽던 독서량은 점점 넓고 깊어져 갔다. 동화책을 사 오던 어머니는 책을 사서 대기 버거워진 것을 깨닫고 대구 시내의 도서관에서 책을 빌려 오기 시작하였다.

퇴근을 하고 돌아온 엄마는 "배고프지? 엄마가 얼른 저녁할께." 라고 아들의 저녁밥을 걱정했지만 환철은 엄마 손에 들린 찬거리는 눈에 들어오지 않았다.

"엄마! 책 줘. 빨리빨리."

환철은 엄마가 책을 빌려 오는 날을 손꼽아 기다리고 있었다. 동화에서 위인전으로, 철학서까지 다양한 종류의 책을 읽으며 상상의 나래를 펴는 것이 가장 큰 즐거움이었다. 그는 책을 스승삼아 지식을 넓혀 나갔다.

그것과 별도로 만화방에서 빌려 보던 만화가 치료를 위해 서울 연세 세브란스병원에서 처음 접했던 무협소설로 바뀌었고, 어린 소년인 환철은 하늘을 날고 불을 토해 내는, 그 신비로운 세상에 빠져들었다. 바깥에 나갈 수는 없지만, 아무런 제약조차 없이 세상을 종횡하는 무협의 세계는 말 그대로 새로운 세계, 신세계였다. 무협소설에 빠진 환철은 대구 시내의 모든 도서관을 털어 무협소설을 읽었고, 그 무렵부터 그가 읽는 책의 범주에는 동양고전이 포함되었다. 사서삼경을 접하고 한문을 홀로 공부하기 시작한 것은 그의 나이 15살 때였다.

어떻게 살 것인가?

...

그렇게 15살이 되던 어느 날, 엄마가 아들 앞에 약봉지를 내놓았다.

"환철아, 우리 같이 죽자."

충격이었다.

어떻게든 아들의 병을 낫게 다음을 위해서 정말 하루하루를 노력하던 엄마가 죽자고 할 줄은.

엄마는 울면서 말하셨다.

"할 수 있는 걸 다 해 봤다. 이 방면으로 권위자라는 사람들조차 이제 네가 나을 가능성은 없다고 하는구나. 이렇게 살면 뭐하겠니? 우리 같이 죽자……."

죽음의 공포.

정말 죽어야 하나.

하지만 환철은 죽고 싶지 않았다.

하루하루 다리의 근육이 사라지고 다시 일어나 걸을 가능성이 사라지고 있다고 하더라도. 과학은 발달하고 있었다. 지금은 되지 않아도 그때는, 미래에는 되지 않을까? 태어나 아무것도 해 보지 못하고 이렇게 죽고 싶지는 않았다.

내가 이 세상에 태어난 것은, 그래도 무슨 의미가 있지 않을까? 그 의미를 찾을 때까지는 살고 싶었다. 찾지 못한다면, 나을 희망이 완전히 사라진다면, 그때 선택해도 되지 않을까.

어린 환철은 엄마를 설득했다.

"내가 무엇을 할 수 있는지 해 보고, 안 되면 그때 죽어도 늦지 않아요. 아무것도 안 해 보고 아무것도 못할 것이라고 죽는 것은 비겁해요."

진심이었다. 죽기 싫어 그냥 한 말이 아니었다. 사실 어머니도 아들이 죽음을 선택하길 원하지 않았다. 다만 장애를 갖고 살아가야 할 냉혹한 현실을 일깨워 주고 싶었다. 아들의 애원에 엄마는 아들을 부둥켜안고 소리 내어 엉엉 울었다. 얼마나 목놓아 울었던지 목소리가 나오지 않고 눈물도 말랐다.

아마도 그때부터였을 것이다. 이미 정신적으로 남다른 상태였던 환철은 이제부터 내가 뭘 해야 할지, 어떻게 살아야 남에게 폐를 끼치는 밥벌레의 삶이 되지 않을 것인지를 깊게 고민하기 시작한 것은.

그때부터 기회만 생기면 닥치는 대로 뭐든 배우기 시작했다. 그림을 배웠다. 동양화를 시작했다. 붓글씨를 시작했고, 다시 서양화도 손을 댔다. 새벽 해가 떠오르기 전에 혼자 일어나 앉아 붓글씨를 썼다.

거기에 또 하나의 계기가 생겼다.

평소 이모로 부르던 분의 아들이 찾아온 것이다.

까까머리, 당시에는 중학교에 진학하면 머리를 박박 밀었다. 그 아이는 환철보다 나이가 어렸다. 그래서 늘 꼬마였고, 동생이었다.

하지만 중학교에 진학해 교복을 입은 그 동생은 무척 어른스러워 보였다.

"와! 멋있네!"

가방도 초등학교 때와는 달랐다.

"중학교에 가면 뭘 배우는데?"

그 아인 가방에서 영어 책을 꺼냈다.

"야, 이게 영어가? 니 이거 읽을 수 있나?"

그 아인 아주 멋들어지게 영어책을 읽었다. 산수도 초등학교 때와는 급이 달랐다. 1차, 2차 방정식 등 처음 듣는 단어들이 많았다. 다양한 지식을 접하고 있긴 했지만 실제로 학과 공부와는 담을 쌓고 있던 환철에게는 망치로 뒤통수를 치는 듯한 충격이었다. 시간이 흐름에 따라 세상은 계속해서 달라지고, 사람들도 달라지고 있었던 것이다.

처음으로 공부를 해야겠다는 생각이 들었다.

엄청난 독서량으로 다방면의 지식을 가지고 있었지만, 제대로 된 학과 공부를 한 적이 없던 환철은 구구단을 끝까지 외지 못할 정도로 기형적인 상태였다. 하지만 집 안에만 있던 환철은 뭘 어떻게 해야 할지 몰랐다. 휠체어를 타고 중고서점에 가서 참고서를 사서 보았지만 막막했다. 어떻게 공부해야 할지 몰랐기 때문이다. 엄마가 공부하려는 환철을 위해 가정교사를 모셔 왔다. 대학생 형이었지만, 정말 훌륭한 선생님이었다. 환철은 그 형에게서 공부를 어떻게 하는지를 배울 수 있었다. 그냥 공부하는 것이 아니라, 인정받을 수 있는 공부, 학력 취득을 위해 검정고시를 치는 것이 좋다는 것도 그때 알았다.

그런 와중에도 직업을 찾기 위한 노력도 게을리하지 않았다.

서예를 배우고, 동양화, 서양화를 배웠지만, 끝까지 가기는 어려웠다. 집안에서 더 높은 과정으로 가는 것은 결코 쉽지 않았다. 그렇게 해서 동양철학이라고 하는 관상까지 배우게 되었다. 관상 외에 다른 선생님을 만나 사주도 배웠고, 가르치던 선생님으로부터 타고났다는 평가를 받을 정도로 배울 때마다 가르치던 선생님들이 감탄할 만큼 성적이 월등히 좋았다. 3개월여의 시간 동안 선생님이 관상 보는 곳으로 가서 천여 명의 사람들을 보면서 실전을 익혔다. 선생님은 관상 보는 것을 직업으로 삼을 것을 권했다. 선생님은 당시로 보면 대단한 고소득자였다. 하지만 평생 방구석에 틀어박혀 찾아오는 사람들을 만나면서 그렇게만 지내야 하는 것이 왠지 마음에 들지 않았다. 그렇게 돈을 잘 버는 직업이었고, 가능성도 있었음에도 굳이 그런 생각을 한 것은 지금 생각해도 운명이었던 것 같았다.

그런 와중에도 검정고시를 위해 전과를 사들이고 한 달 정도 공부를 하고, 당시 살던 대구가 아닌 부산까지 가서 초등학교 졸업 자격 검정고시를 봤고, 합격했다. 기본 지식이 뛰어나 사실 초등학교 졸업 자격은 너무 쉬웠다. 그리고 중학교 졸업 자격 검정고시는 석 달을 공부했고 역시 합격을 하였다. 하루 2~3시간만 자고 공부를 했다. 초등학교와 달리 쉽지 않았지만, 하루 한 시간도 허투루 쓰지 않았기에 가

동양화를 배우며

능했다. 철저한 관리를 위해 같이 공부하던 가정교사를 오지 못하게 하고 혼자 공부했다. 물론 예전 그 대학생 형은 아니었다. 독실한 신자였던 그 대학생 형은 선교사로 외국의 오지로 떠난 뒤였다.

단 하루도, 한 시간도 쉬지 않고, 다른 사람들이 3년 걸려 공부하던 것을 석 달 만에 끝내자, 시험 보기 전날 하루가 남았다. 수학을 온종일 풀었다.

합격 통지를 받기 전, 시험을 끝내고 오자마자 환철은 쓰러졌다.

어린 나이에 너무 철저하게 공부했던, 과로가 원인이었다. 상태가 좋지 않아 구급차로 종합병원으로 실려 갔다. 급성간염. 너무 무리해서 생긴 문제라고 무조건 쉬라고 했다.

그 바람에 고등학교 졸업 자격 검정고시를 보는 것은 조금 시간이 지난 뒤가 되었다.

거기에 더해 신변에 큰 변화가 생겼다.

어머니는 환철이 나을 가능성을 아직도 포기하지 않았었다. 그래서 공무원이 아닌 개인 사업을 하기로 하였다. 자유롭게 움직일 수 있으면서 명의를 찾아 전국을 돌아다닐 생각이셨던 것이다. 공무원 생활을 접고 퇴직을 하셨는데, 당시 어머니는 과장이셨기 때문에 퇴직이 쉽지 않은 결정이었을 것이다. 누구나 승진에 대한 욕심이 있고, 공무원으로 누리는 안정적인 삶을 스스로 박차고 나온다는 것은 모험이었으니까.

어머니는 퇴직금과 대출 등으로 여관을 매입했다. 마당발이라고 할 수 있는 인맥을 활용할 생각이셨고, 실제로 당시 사정과 맞물려 여관은 잘 되었다. 당시에는 아직 호텔이 일반화되기 전이라, 집 밖에서 잠을 자야 할 일이 생기면 여관을 이용하였고, 출장 등으로 장기 투숙하는 손님들도 많았다. 여관 사업의 서무는 환철의 몫이었다. 꼼꼼하고 똑똑하여 그가 몇 사람 몫을 해냈다. 장사가 잘되어 너무너무 바빴다. 바쁜 만큼 돈도 적지 않게 벌었다.

서울에서 시작된 고난

...

"철아! 우리 서울 갈까?"

엄마는 좀 더 나은 희망을 찾아볼 생각이었지만, 환철은 자신이 가장 잘한 것이 그때 서울로 올라온 것이라고 생각한다. 엄마의 그 제안으로 그의 평생이 완전히 바뀔 수 있었기 때문이다. 사람은 낳으면 서울로 보내고…… 라는 속담이 있긴 했지만, 서울에 있지 않았다면 오늘의 그가 될 수 있는 여러 가지의 가능성, 기회를 찾기 어려웠을 것이라고 생각하기 때문이다.

그의 나이 20살 때 잘되던, 여관을 팔고 서울로 올라왔다. 서울에 올라와서도 배움은 그치지 않았다. 조각을 배우기 위해 조각학원에 다녔다. 어머니는 아들의 이동을 위해 당시는 부잣집이 아니면 가질 수 없었던 자동차를 사들이고 운전기사까지 두었다. 환철은 조각학원에서도 월등한 성과를 보였다.

어머니는 서울 생활에 안착하기 위해 분주하셨다. 집안도 살펴야 하고 사업도 준비하셔야 했지만, 그 시간은 얼마 가지 못했다.

어느 날 어머니가 망연자실한 모습으로 넋이 나가 소리 내어 울지도 못하고 바닥에 철퍼덕 주저앉아 있었다.

"엄마, 어디 아퍼? 무슨 일 있어요?"

"철아! 철아!"

낯선 서울 땅에서 사업 자금을 몽땅 사기당하고 말았던 것이다. 공무원으로서 올곧게 살아오신 어머니는 사람을 쉽게 믿었었다. 그 결과 믿었던 사람에게 사기를 당해 가진 돈 대부분을 날리게 되었다.

큰돈을 벌 수 있다는 지인의 말만 믿고 50년 넘게 살아온 고향을 등지고 서울로 온 것인데 그 지인은 엄마 사업 자금을 들고 잠적해 버렸다. 그동안 얘기했던 모든 사업 계획은 실체가 없는 거짓이었다. 돈을 모으는 데는 많은 노력과 시간이 소요되었지만, 돈을 없애는 것은 한순간이었다.

타지에서 도움을 요청할 곳도 없었다.

남은 것은 서울 와서 산 집 하나.

그 집조차 생활을 위해 대출을 받아 갚기 어려운 빚만 남았다.

환철은 이제 더 이상 어머니에게 의지해서 살 수 없게 되었다. 그렇게 해서 일본으로 수출하는 서각 기업에 취직하게 되었다. 서각이란 나무판에 옛 글씨를 칼로 새기는 것이다. 쉽게 말해 글씨를 나무판 위에다 조각한다는 의미다. 추사 김정희의 명필 같은 것들이 대상이다. 단순히 글씨만이 아닌 다양한 사업이 가능한 아이템이었고, 환철은 그 가능성에 눈을 떴다. 아침이면 공방으로 가서 종일 작업을 했지만, 신체적인 문제로 불편함은 여전했다. 소변 문제로 눈치도 보였다. 특출한 능력을 보임에 따라 사장의 기대도 높아졌지만 불편한 것은 여전했다.

"사장님! 집에서 일하면 훨씬 많은 양의 일을 할 수 있을 것 같습니다……."

"아, 그렇군! 내가 왜 그 생각을 못했지."

이렇게 해서 집에서 작업한 것을 보내기 시작했다. 밤을 꼬박 새워서라도 날짜를 맞추었다. 그리고 마침내 독립하여 서각 수출을 학원 동기와 동업으로 시작하게 되었다. 장밋빛 꿈에 부풀었다. 이런 상태라면 빚도 갚을 수 있을 것 같았다. 그런데 그 일도 얼마 가지 못하였다.

운명의 8월 15일. 온 국민이 분노하는 일이 벌어졌다. 8·15 기념식에서 당시 대통령이었던 박정희를 저격하려던 문세광이 쏜 총탄에 영부인인 육영수 여사가 맞아 사망한 일이 생긴 것이다. 남편과 달리 거의 모든 국민에게 국모로 불리며 존경받던 분이라 나라 안이 온통 슬픔으로 가득 찼다. 하지만 환철에게 그 일은 매우 가혹한 시련의 시작이었다. 저격 사건의 범인인 문세광이 재일교포라서 외교적 갈등이 일면서, 일본 수출길이 막혀 버린 것이다. 외교 문제는 개인이 노력한다고 풀릴 일이 아니어서 환철은 포기하고 다른 일을 찾아야 했다. 버틸 수 있는 여력이 없었다.

그래서 시작한 일이 초, 중, 고등학교 아이들을 가르치는 과외였다. 마지막으로 남은 집에 붙어 있던 서너 평가량의 작은 가게에서 시작했다. 학교 공부가 끝나야 시작하는 과외 특성상, 초등학생들이 돌아오는 낮 12시부터 가르치기 시작하여 밤의 중고등학생들까지로 이어졌다. 학력이라고는 초등학교 2학년 수료가 고작인 환철은 고등학생까지 가르쳤다. 처음에는 별다른 학력도 없지, 장애인인 과외선생 환철을 바라보는 시각은 반신반의였고 아이들도 많이 모이지 않았다. 생각 끝에 어머니께 포스터를 그려드려서 동네에 붙이게 했다. 하지만 맡았던 아이들이 정말 하나도 빠짐없이 한 달 만에 모두 성적이 10등 이상 올라가는 것을 보고 아이의 부모님들은 오히려 소문을 내주기 시작했다. 쉴 틈이 없었다. 늘 집안에서 대화하는 시간조차 별로 없었던 환철은 밤이 되면 목에서 피가 올라오는 강행군을 계속해야 했다.

소문이 나면서 아이들이 점점 더 많이 몰려들었다. 수입도 급격히 늘어났다. 이대로면 빚을 갚을 수 있을 것 같았다. 같이 과외를 하자고 대학생들이 찾아오기도 했다. 하지만 그것조차 오래가지 못했다.

정말 어느 날 갑자기 내려진 전두환 정권의 과외 금지. 그걸로 끝이었다. 그렇게 많았던 아이들이 썰물처럼 빠져나갔다. 살아 보기 위해서 끊임없이 노력하는 그에게 닥친 시련은 끊임이 없었다. 마치 그의 의지를 비웃기라도 하듯 막아서는 잇따른 정치적 환경에는 손을 쓸 방법조차 없었다. 이젠 정말 살길이 막막했다. 손에 쥔 돈도 없고, 할 수 있는 일도 없다. 어머니는 아는 집에 가서 아쉬운 소리로 돈을 빌려 쌀을 됫박으로 사 오셨고, 새끼로 꼰 연탄 두 장으로 하루를 살았다.

이제는 정말 죽음밖에는 방법이 없는 것인가?

새로운 길을 찾다

...

그때 생각한 것이 정말 뜻밖에도 만홧가게였다. 서울까지 올라와서 만홧가게를 하게 될 줄이야. 만화를 좋아해서 만홧가게를 생각한 것은 아니었다. 만홧가게를 하게 된 가장 큰 이유는 바로 과외를 했던 그 작은 가게가 있었기 때문이다. 지금이라면 말도 안 되었겠지만, 당시에는 만홧가게의 규모는 모두 영세해 불가능한 선택은 아니었다. 하지만 서너 평의 작은 가게에서 돈이 없으니 할 수 있는 것은 한정될 수밖에 없어 선택한 것이 만홧가게였다. 아는 사람에게 돈을 빌려 만홧가게를 열었지만 쉽지 않았다. 만화를 실컷 보고 주인이 움직이지 못하는 것을 알고 도망가는 손님들도 있었다. 작고 불편한 가게에 손님이 몰려들 이유는 없었다.

오픈기념 할인이라고 포스터를 그려 동네에 붙였다. 물론 붙이는 일은 어머니의 몫이었다. 사람들이 하나둘 찾아들었다. 그 손님들을 놓치면 안 된다고 판단했다. 아무리 만홧가게라도 운영 전략이 필요하다는 판단에 환철은 손님들이 좋아하는 만화와 소설을 분석해서 좋아하는 책이 나오면 그 손님에게 알림 전화를 했다. 당시에는 미처 생각하지 않은 이런 맞춤형 선택으로 그 작은 만홧가게가 나름 괜찮은 수입을 올리기 시작했다.

하지만 만홧가게에서 만족할 환철이 아니었고, 그것이 그의 인생 목표가 될 수도 없었다. 예전 서예와 동양화를 배우면서 화가가 되는 꿈을 꾸었었다. 대학 근처에도 가 보지 못한 그는 대학에서 미술을 전공하지 않았기 때문에 작가가 되기 위해 국전에 도전하고자 하는 마음을 먹고 있었다. 오래전부터 생각했던 일을 생활이 조금 안정되면서 실천에 옮기게 되었다. 가장 자신 있고, 작품성이 돋보일 수 있는 작업으로 서각(書刻)을 선택하되, 단순한 글씨가 아닌, 한국의 민화로 나무병풍을 만들고자 구상을 했다. 하지만 나무를 구하는 일이 쉽지 않았다. 처음부터 난관에 부딪힌 것이다.

"상품하고 작품은 달라. 국전에 내놓으려면 가장 좋은 나무를 써야 해. 은행나무 정도는 되어야지."

은행나무라면 가장 비싼 나무 중 하나다. 300만 원짜리 나무를 200만 원에 주겠다고 했지만, 당시 200만 원이면 작은 주택을 사들일 수 있는 어마어마한 돈이었다. 돈을 모아야만 했다.

그런데.

"요즘은 중국 무협이 잘 안 들어와서 출판사에서 무협 쓸 수 있는 사람을 찾고 있는데 이 가게에서 그런 사람 없을지 한 번 알아봐 줘요."

신간 만화와 무협소설을 배달해 주는 외무사원이 불쑥 던진 말이 그의 귀를 번쩍 띄게 했다.

그럴 수밖에 없었다.

환철은 이미 오래전부터 무협소설을 쓰고 있었으니까.

드디어 작가가 되다

...

무협소설을 보면서 언젠가부터 소설을 끄적거리고 있었다. 만화도 그렸었다. 그런 시간이 이미 7년이나 지났다. 물론 끊임없이 한 일은 아니었지만, 시간 날 때마다 그 일을 했던 환철은 당장 문방구에서 원고지를 사서 미친 듯이 무협소설을 써서 그 외무사원을 통해 출판사로 보냈다.

그리고 초조할 틈도 없이 출판사의 편집장이 다음 날 바로 찾아왔다. 계약하고 출판하자는 것이다. 당시 신인 고료로선 최고라는 장당 150원. 뭔가 느낌이 그랬던 환철은 알겠다고 이야기하고, 원고를 받은 다음 다른 출판사에 다시 원고를 보여 주었다. 놀랍게도 그 출판사에서도 다음 날 찾아왔다. 지난번 출판사에서는 편집장이 왔었는데, 이번에는 상무가 직접 찾아왔다. 얼마가 들었는지 보진 못했지만, 아예 계약금이 든 봉투까지 들고 왔다. 당시 국내의 무협출판사 중 가장 이름 높은 세 군데에서 경쟁에 뛰어들었다. 매일 전화통에 불이 났다. 신기하고 특별한 경험이었다. 그런 특별한 경험 끝에 장당 250원. 기성으로서

타이프로 작업하는 모습

도 최고의 고료라는 금액으로 계약했다. 아직까지 무협소설이 국내 창작이 아니라, 중국 번역작인 것으로 아니까 원작 이름은 중국 작가 와룡생으로 하고 김환철은 번역으로 넣기로 하였다. 편법이지만 초보 작가인 환철은 어쩔 수 없이 출판사의 말에 따라야 했다. 지금처럼 저작권에 대한 인식이 없을 때라 가능한 일이었다.

12살 때부터 무협소설을 읽었고 15살부터 사서삼경을 접하면서 한문 공부를 했던 환철이었다. 한문 고전을 읽으면서 한국 역사보다 중국 역사에 더 관심이 많아 춘추오패나 전국칠웅 등이 익숙한 그였다. 이미 써 둔 스토리도 많은 그였기에 정말 준비라도 해 놓은 듯이 글을 쓸 수 있었다. 3,600여 장의 첫 번째 계약작 원고지를 채우면서 파지가 겨우 12장이 날 정도로 미친 듯 글을 썼다. 중국 작가인 와룡생의 이름으로 나가야 하니, 번역자의 이름도 한글로 넣기 애매하였다. 고민 끝에 칠보사에 계신 고승이신 석주 스님께 편지를 보내 부탁을 했다. 아는 분이 아니니, 설마 답변을 해 주시리라고 생각하지 않았는데, 손수 글을 써서 당장 몸이 불편하지만, 마음만은 가장 강한 사람이 되라고 스님께서 금강(金剛)이라는 필명을 지어 주셨다.

계약하기 전, 사 온 원고지에 글을 쓰고 있는 아들을 보고 엄마는 웃었었다.

"네가 소설을 쓴다고? 작가가 된다고?"

엄마는 아들이 글을 쓸 것이라고는 생각지도 못했다. 일기조차 제대로 쓰지 못하던, 글과는 정말 상관없었던 아들이었다. 글쓰기를 배운 적도 없었다. 그저 심심해서 만화책이나 보고, 무협지를 읽는다고 생각했다. 그런데 정말 글을 써서 돈을 버는 것이 아닌가. 신기하면서도 대견스러웠다.

어머니는 아들이 글을 쓰고 있음을 보면 가슴이 뿌듯하고 기꺼웠다. 글 쓰는 일은 장애가 전혀 문제가 되지 않기 때문이다.

이렇게 해서 환철은 1981년 무협소설 『金劍驚魂(금검경혼)』을 시장에 내놓으면서 25살에 첫 데뷔를 하게 되었다. 그가 쓴 무협소설은 내는 족족 히트를 하기 시작했고, 사람들의 주목을 받는 작가가 되었다. 많은 작가가 있었지만 낼 때마다 반응이 있고, 히트하는 작가는 그와 필생의 경쟁자가 되었던 한 사람, 그렇게 두 사람뿐이었다. 사람들은 그 두 사람을 두고 무협의 양대산맥이라 불렀다. 금강이란 이름은 이제 무협소설을 보는 독자라면 모르는 사람이 없는 이름이었다. 1983년 당시 금기시되던 중국 황궁을 배경으로 한 『絶代至尊(절대지존)』을 발표하면서 공전의 히트를 기록하였다.

그 후 일련의 『風雲(풍운)』 시리즈를 발표하면서 무협의 추리화를 선도하며, 그 위치를 공고히 하게 되었고, 작품마다 원고료가 인상되는 신기록을 세우기도 했다. 그가 그렇게 쓴 작품은 번역 작품을 제외하고도 30여 개에 이른다.

새로운 도전

...

김환철의 도전은 계속되었다. 하지만 아직까지 무협소설은 무협지였고, 만화방에서 보는 글이었다. 무협지가 아닌 무협소설로 서점에서 독자를 만나고 싶었다. 음지가 아닌 양지로 나가고 싶었다. 그가 시도하기 전까지는 서점에서는 판매되지 않는 소설이 바로 무협지였다. 그는 서점용 무협소설로 작품을 집필하였다. 모두 서점용은 불가능하다고 하였지만, 그는 도전에 목말랐다.

그는 아는 동생의 도움으로 택시를 타고 출판사를 찾아다니며 문을 두들겼다. 30여 년 전에는 휠체어로 접근할 수 있는 건물이 거의 없었다. 특히 출판사는 아무리 유명한 곳이어도 사무실은 아주 영세하였다. 승강기가 없는 건물 2층이나 3층 어떤 곳은 5층에 사무실이 있었다. 그래서 어렵게 올라갔지만, 휠체어를 타고 온 손님을 반기는 곳은 없었다.

"저 금강이라고 합니다."

"금강이요?"

무협소설 쪽에서 금강이라는 이름은 태두와 같았다. 하지만 일반 출판사에서는 그 이름을 알지 못했다. 그렇게 사방을 헤매다 찾은 곳이 정신세계사. 당시 『단』이라는 선도소설이 공전의 큰 인기를 누렸는데, 출판사는 그 인기를 이어 갈 차기작을 찾고 있었다.

그렇게 금강은 그 출판사에 자신을 브리핑하고 마침내 계약하게 되었다. 무협 쪽과 달리 보장 인세조차 없는 신인이 받는 인세율 5%. 하지만 자신이 있었다. 자신의 능력으로 서점으로 나가서 성공할 자신이. 그는 이미 서각 작품을 만들 은행나무를 살 수 있는 돈을 벌었음에도 다시 서각으로 돌아가지 않았다. 글에 자신의 인생을 걸었고, 모두가 그를 인정하고 있었다.

그렇게 준비를 시작한 작품이 후일 발표된 『발해의 혼』이었다.

그때는 정보통신이 발달하지 않아서 자료를 찾으려면 발로 뛰어야 했다. 발해에 관한 국내 연구는 매우 미미하여 논문조차 3편밖에 찾아 낼 수 없을 정도여서 도움받을 전문가를 찾기가 어려웠다. 국내에 출판된 참고자료가 없으니 해외를 찾아볼 수밖에 없었다. 뜻밖에도 자료는 중국과 일본에 압도적으로 많았다. 발해는 우리나라의 맥을 잇고 있는 곳이다. 그러나 우리나라에는 없던 자료가 일본에는 정말 정선된 연구자료가 널려 있었고, 중국도 못지않았다. 가슴 아픈 것은 그러한 자료들에 관한 연구 중 객관적인 것은 많지 않고 중국과 일본에 유리한 접근과 해석이 많았단 점이다.

우리나라 학자들은 뭘 하고 있었을까?

중국과 일본에 가는 사람을 통해 발해 관련 자료를 수집해 오도록

하고, 관련 자료를 계속해서 모으고 또 모았다. 자료를 수집하는 것으로 끝이 아니었다. 수집한 자료를 분석하고 공부해야만 했다. '중국 24사'를 이 잡듯 뒤지고 무대가 되는 송나라 등을 공부하기 위해서 '송사(宋史)'를 비롯하여 '요사(遼使)' 등 주변국의 자료까지 하나하나 다 읽었다.

중국어는 몰라도 한문에 능통해서 중국 원서를 어렵지 않게 읽을 수 있었지만 읽는 것으로 끝이 아니었다. 어떻게 하다 보니, 발해의 혼은 잊힌 발해의 역사를 우리나라에서 최초로 조명하는 역사소설이었다. 단순히 공부하는 것으로 끝낼 수 없었다. 우리나라의 상고사를 전문적으로 공부해야 했다. 자료를 가져오는 것이 아니라, 자료를 정립해야 할 식견(識見)이 필요하였다. 책의 후반부에 나올 광개토대왕비에 대한 것을 쓰기 위해 연구자료를 읽고, 또 공부해야만 할 정도로 쉽지 않은 작업이었다. 단순히 서점에 책을 내고자 했던 것에서 우리나라의 왜곡된 역사를 제대로 풀어내고 싶은 사명감이 생겼다.

그래서 그는 발해의 혼 후기에 다음과 같이 썼다.

"이 책의 주제는 불타는 민족혼이다. 그리고 그에 못지않게 강조되고 있는 것이 바로 올바른 우리의 역사 회복이다. 나라의 광복뿐만이 아니라, 역사의 광복이 이루어져야 한다고 믿기에 쓰게 된 한 편의 글이었다."

1년 6개월이나 되는 공부하는 시간을 거쳐 마침내 발해의 혼이 출간되었다.

하지만 뜻밖에도 출판사의 기대와 달리 성적은 그다지 좋지 않았다.

독자들이 무협이 가미된 역사소설을 받아들일 준비가 되어 있지 않았던 것이다. 무협 독자는 역사가 이상하고 역사 독자는 무협이 생소했다.

출판사 편집부에서 제안하였다.

"선생님, 아무래도 표지를 바꿔야 할 것 같아요. 표지가 너무 역사소설 같아서 눈길을 끌지 못한다는 분석이 나왔습니다."

그 분석은 적중했다. 새로운 표지로 단장해서 서점에 내놓자 그달에 10만 부가 팔리는 기적이 일어났다. 지금까지 30만 부가 넘는 판매 기록이 세워졌다. 『발해의 혼』은 무협소설로는 유일하게 교보문고에서 전체 판매 1위를 달성하기도 했다. 그때 언론에서는 한국 창작 무협사상 최초의 서점용 역사 무협소설 『渤海의 魂: 발해의 혼』 발간 소식을 알렸고, 잡지와 TV에서 인터뷰가 줄을 이었다. KBS-TV 김동건 아나운서가 진행하는 〈11시에 만납시다〉에 출연하는 것이 시작이었다.

TV의 위력은 놀라웠다.

그날 온종일 그리고 그다음 날도 계속해서 전화통에 불이 났다.

그때가 1987년으로 글을 시작한 지 6년 만에 환철은 돈과 명예가 같이하는, 명실공히 베스트셀러 작가가 되었다. 데뷔부터 그랬지만, 출판사에서 스카우트를 위해 돈을 싸 들고 오는 일이 더 잦아졌다.

그렇게 해서 당시 작가들이 가장 바라는 신문 연재까지 이루어졌다. 당시에는 인터넷이 없어 신문 연재를 한다는 것만으로 작가의 위상이 달라지던 때였다. 1996년 경향신문에 『위대한 후예』, 1999년 일간스포츠 『대풍운연의』로 무려 7년간 연재를 하면서 그는 무협을 대중화하는 데 이바지하였다.

사랑도 소설처럼

...

『발해의 혼』을 출간하고 인터뷰 요청이 쇄도했다. 인터뷰 기사를 보고 그를 만나기 위해 찾아오는 사람들도 줄을 이었다. 무협소설 마니아여서 작가를 실제로 보고 싶어서 오는 독자도 있었지만, 김환철이 살아온 인생에 감동하여 찾아오는 여성 팬들도 적잖게 있었다. 심지어 아예 같이 살겠다고 짐을 싸 들고 찾아오는 여성들까지 있을 정도였다. 그런 사람들이 줄을 서다시피 했지만, 언제나 그렇듯 인연은 따로 있었던 모양.

『월간 간호』와 인터뷰를 한 적이 있는데, 그 기사는 그가 주인공이라기보다 그를 위해 헌신한 어머니를 조명했었다. 병원에서 그 기사를 보고 어떤 어머니인지 궁금하여 찾아온 사람이 있었다. 모 병원에서 엑스레이 기사를 하던…… 다른 사람들과 달리 환철을 목적으로 찾아온 것이 아니었고, 순전히 이런 어머니는 어떤 분일까? 라는 호기심으로 찾아온 아가씨. 그 호기심이 그녀와 환철의 평생을 결정짓게 될 줄은 당시에는 아무도 몰랐다.

충남의 유지 집안에서 성장한 아주 반듯한 전문직 여성이었던 그녀는 어머니의 배려로 환철과 만나게 되었다. 한 번 찾아왔던 그녀는 다시 찾아왔고, 같이 외출을 하고 식사를 했다. 순수하고 진실한 그녀는 하루가 다르게 환철에게 다가왔다. 어머니 또한 그녀를 좋아하고 계셨다.

환철은 고민에 빠졌다.

어디 흠잡을 곳 없는 그녀가 자신과 맺어지기 위해서 앞으로 얼마나 큰 어려움을 겪어야 할지 모를 그가 아니었던 것이다. 더 이상 그녀가 좋아진다면, 그런 후에 집안의 반대 등으로 헤어져야 한다면, 너무 견디기 힘들 것 같았다. 그렇다고 만나서 뭐라고 할 수도 없었다.

그래서 환철은 만난 지 일주일 만에 그녀에게 전화를 들었다.

평소와 같이 상냥하게 전화를 받던 그녀는 황당함에 말을 잃었다.

"나와 평생을 같이하지 않을래요? 나는 당신이 좋은데, 여기서 아무런 대책 없이 더 나가면 서로 힘들 거예요. 호강시켜 주겠다는 말은 하지 못하겠지만, 고생시키지 않을게요……."

"……."

그녀는 말이 없었다.

그리고 열흘.

매일 같이 주고받던 전화가 끊어졌다. 답도 없다.

만난 지 불과 일주일. 너무 성급했던 감도 있었지만, 더 끄는 것이 옳지 않다는 생각에는 변함이 없었다. 하지만 하루하루가 천 년 같았다.

그리고 일 년 뒤.

환철은 그녀와 결혼식을 올렸다. 일반 예식장이 아닌, 레스토랑이었다. 하객 모두에게 스테이크가 제공되었다. 지금과 달리 레스토랑에서 하객들이 테이블에 앉아 스테이크를 써는 광경은 쉽게 보기 어려운 파격적인 일이었다. 그만큼 환철은 그녀를 위해 아낌없이 썼다. 자신을 믿고 집안의 반대를 피해 집을 나오기까지 한 그녀를 위한 배려였다.

1989년 12월 1일 치러진 결혼식에는 신부 측 부모는 참석하지 않았지만, 형제들은 모두 참석하였다. 큰오빠가 신부의 아버지 역할을 하였다. 둘째 오빠는 결혼식장 안으로 들어오지 않고 밖에서 술만 마셔댔다고 했다. 결혼식에 참석했던 신랑 측 사람들은 김환철이 어떤 사람이라는 것을 아니까 그 결혼에 아낌없는 축복을 보냈지만, 신부 측 사람들은 걱정하지 않을 수 없었다.

신혼의 꿈은

...

결혼한 후 환철은 큰 변화 없이 글을 썼다. 나이든 어머니의 도움을 받는 것보다 아내의 손길이 더 편안하였다. 아내는 직장을 그만두고 남편을 내조하며 시어머니를 모시는 일을 묵묵히 해내고 있었다. 흔히들 홀시어머니 모시는 것이 가장 어렵다고 말하지만, 환철은 그 말이 자신과 상관없으리라 생각했었다. 하지만 고부 사이에의 갈등은 어쩔 수 없이 찾아왔다. 작은 집안일에서 비롯한 갈등은 시간이 갈수록 점점 더 커졌다.

평생 자신을 위해 사셨던 어머니와 모든 걸 버리고 자신에게 온 사랑하는 아내. 그 가운데에서 환철은 누구의 편도 들 수 없었다.

엎친 데 덮친다는 것처럼 집안에 문제까지 생겼다. 환철은 그 당시 3개월에 들어오는 원고료가 1천만 원이 넘는 고소득자였다. 그런데 그처럼 활발하던, 평생 갈 것 같던 무협 시장이 한순간에 무너졌다. 거의 지존과도 같은 위치에서 돈을 벌 곳이 사라진 백수가 될 위기.

환철은 결혼한 지 얼마 되지 않은 부인을 볼 면목이 없었다.

"호강은 시키지 못하더라도, 고생은 시키지 않겠다!"고 한 지가 언제인데, 벌써…… 앞길이 막막했다. 그답지 않게 불안하고 초조했다. 자신이 책임져야 할 가족을 두고 맘 편할 환철이 아니었기에 그 불안과 초조는 날이 갈수록 심해졌다.

어느 날부터 참기 어려운 두통이 찾아왔다. 쉬어도 낫지 않았다. 안과에서 시작해서 내과, 신경외과, 정신병원까지 다 다녀봤지만, 두통의 원인을 찾지 못했다. 머리가 너무 아파서 글을 한 줄도 쓸 수 없었다. 그런 환철을 두고 부인은 싫은 기색조차 없이 그의 휠체어를 밀면서 집주변을 돌아다녔다. 집에 있기보다 바람을 쐬면서 돌아다니면 두통이 완화되는 것을 보았기 때문이다. 다행히 6개월이 지나 우연히 소개받은 내과에서 약을 먹고 두통이 가라앉기 시작했다.

환철은 이제 시장이 사라진 무협 대신, 당시 유행이었던 만화 스토리로 전업을 하였다. 하지만 만화 스토리는 평생 무협만 써 온 그에게 쉽게 문을 열어 주지 않았다. 평생 처음 퇴짜를 맞은 환철은 충격에 빠졌다. 하지만 그가 불안해하면 집안이 흔들린다. 까짓거 시간문제지! 환철은 또 쓰고 또 썼다. 하지만 두 번 세 번, 계속 출판사와 만화가는 문제를 제기했다. 무협을 쓸 때는 생각조차 할 수 없는 일이었다.

지금과 달리 이메일이 없던 때다.

부인이 타자기로 친 원고를 출판사로 직접 가져가기도 하고, 우편으로 부치기도 하였다. 그리고 두 사람은 결과를 초조하게 기다렸다. 통과는 생각처럼 쉽지 않았다.

그렇게 1년이 지나서야 만화 스토리가 통과되었다. 이후는 순탄했다. 몇 개의 스토리를 팔고 난 다음, 기왕 만화 스토리를 쓰는 것이니, 최고의 작가와 작업하고, 최고의 대우를 받고 싶었다.

회심의 원고를 썼다. SF가 가미된 당시로써는 혁신적인 내용.

그걸 가져갔지만, 어이없게도 퇴짜를 맞았다.

"내용은 좋지만, 얼마 전 들어온 원고와 너무 유사하다."

"그럴 리가? 누가 쓴 원고이길래?"

아는 사람이었다. 그것도 아주 친한 작가……

원고를 보내기 전에 그 사람에게 원고를 보여 주었었다.

그런데 그날 가서 밤새 그걸 그대로 베껴서 그가 속한 출판사에다 미리 팔아 버렸던 것이다.

며칠 뒤에 넣은 환철의 원고가 졸지에 남의 걸 베낀 꼴이 되어 버렸다.

믿었던 사람에게 배신당한 기분은 뭐라 설명할 길이 없다. 피가 거꾸로 솟는 기분이라는 것을 그때처럼 절절하게 느껴 본 적이 없었다. 어려울 때 도와주고, 글 쓸 때 모자란 부분을 도와주면서 이미 몇 년을 같이 지낸 사람이었는데, 이렇게 후안무치한 짓을 할 줄은 상상도 하지 못했다.

그런 우여곡절을 겪었지만, 환철은 쓰러지지 않았다.

그리고 얼마 지나지 않아 그는 다시금 업계 최고의 대우를 받게 되었다. 당시 대기업 초봉이 월 30만 원 정도였는데, 환철은 만화 스토리 한 권에 150만 원을 받았다. 빨리 쓰면 하루 1권을 쓰기도 했으니 이제 굶어 죽을 염려는 사라졌다.

그리고 나서 중대 결정을 내렸다.

"어머니, 분가하겠습니다."

고부간의 갈등에는 이유가 없다. 고심을 거듭한 환철은 결국 어머니께 분가를 선언하게 되었다.

"나가서 어떻게 살려구?"

"살아 보겠습니다."

"그래, 살아 보렴."

사람들은 하나밖에 없는 아들이 그 어머니를 배신하고 마누라의 편든 불효자라고 생각하겠지만 어쩔 수 없었다. 떨어져 살아도 어머니와의 관계는 변함이 없지만, 아내와 떨어진다는 것은 이혼을 의미하고 남남이 된다는 뜻이었다. 자기를 믿고 부모와 결연하다시피 하며 온 그녀이기에 자신이 책임을 지는 것이 옳다고 생각했다.

집값이 싼 부천에 전셋집을 얻어 분가하였다. 태어나서 한 번도 어머니와 떨어져 산 적이 없었던 그이기에 그에게 분가는 결혼으로 새 가정을 꾸미기 위한 독립과는 의미가 달랐다. 하지만 어떻게든 시간을 내서 어머니를 찾았고, 매일 단 하루도 거르지 않고 전화를 했다.

아내도 자주 시어머니를 찾았다.

어머니의 죽음

...

처음부터 경제권을 어머니가 갖고 있었기 때문에 아내는 결혼 후 아주 검소한 생활을 하였다. 직장 생활을 했고, 경제적인 어려움을 모르고 살았던 그녀인지라 옷이나 가방까지도 백화점 명품만 쓸 정도였지만, 결혼 후에 2만 원짜리 외투를 사 입고도 싫은 내색을 하지 않을 정도로 속이 깊었다.

막내인 아내에게 어릴 때부터 그녀를 키웠다는 엄마 같은 큰 언니가 엄마 대신 동생의 신랑감을 만나러 왔을 때 '절대 고생시키지 않겠다.'고 한 말이 떠올라 아내를 볼 때마다 마음이 아팠다.

결혼하여 5년 동안 어머니를 모시고 살며 아내는 어머니와 정도 들었고, 남편이 어머니를 돌봐드릴 수 없는 상황이라서 분가는 했지만, 어머니를 찾아뵙고 보살펴 드리는 일을 게을리하지 않았다.

"내일 어머니한테 갈 거예요."

"다녀온 지 얼마 안 됐잖아?"

"병원에 가신데요."

나이가 들면 여기저기 아픈 곳이 생기기 마련이라서 어머니가 병원에 가신다는 말에도 크게 걱정하지는 않았다. 그런데 병원에서 돌아온 아내의 얼굴에는 핏기가 사라져 창백했다. 그렇게 놀란 아내의 얼굴은 본 적이 없다.

"왜? 무슨 일이야?"

"어머니, 암이신 것 같아요."

정말 마른 하늘에 천둥 치듯 그 말이 가슴을 세게 내리쳤다.

"의사가 그래?"

"진단서를 봤어요."

검사 결과를 본 병원은 큰 병원으로 가도록 진단서를 끊어 주었고, 그 진단서의 내용을 알아볼 수 있는 아내는 cancer(암)이라는 단어를 가리켰다.

너무 황당한 일에 부부는 말을 잃었다.

'아닐 거야, 아니야, 우리 엄마가 얼마나 강하신데… 암일 리가 없어. 술 담배 전혀 안 하시는데 아닐 거야.' 라고 속으로 되뇌이고 있었다. 아무것도 모르는 어머니는 병원에 다녀와서 좋아졌다고 말씀하실 정도로 편안했지만 아들과 며느리는 정밀검사 결과를 기다리며 피를 말리고 있었다.

지루한 시간을 보낸 끝에 얻은 결과는 폐암 3기였다.

"손을 쓸 수 없을 정도로 번졌어요. 6개월 정도 남은 것 같습니다."

의사는 암이 생긴 위치가 아주 좋지 않아 수술조차 불가능하다고 했다. 분가한 지 3년 만에 환철은 다시 어머니와 함께 살기로 하였고,

아내도 반대하지 않았다. 다시 모시겠다고 하자 어머니는 아이처럼 좋아하면서도 말씀은 정반대로 하셨다.

"혼자 사니까 편해서 좋기만 하던데, 왜 다시 같이 살자는 거야."

이렇게 어머니의 암 투병이 시작되었다.

어머니는 아주 강한 분이었다. 일찍 아버지를 여의고, 혼자 환철을 키우면서도 쓰러진 적이 한 번도 없을 정도로 강했고, 말 그대로 여전사와 같은 분이었다. 그렇게 강하던 어머니였지만 자신이 암에 걸렸다는 사실을 안 후에는 한순간에 무너져 힘없는 노인의 모습으로 변해 가는 것을 지켜보는 것이 더 고통스러웠다.

"철아, 내가 너를 두고 어떻게 눈을 감을까……."

아들을 보기만 하면 똑같은 말을 반복하면서 손을 어루만지며 우셨다. 그때마다 가슴이 미어지는 것만 같았다.

"그러니까 힘 내셔야죠."

그래도 어머니는 다른 폐암 환자에 비해 잘 버티셨다. 의사는 생존 기간이 6개월이라고 했지만, 항암 치료를 받으면서 1년 반 동안이나 견디어 주셨다. 아내가 마지막에는 어머니의 대소변까지 받아내면서 정말 열심히 병수발을 하였기 때문이라고 주위 사람들이 복 있는 할머니라고 부러워할 정도였다.

어머니가 병원에 입원하신 다음, 밤에 깊은 잠을 잘 수가 없었다. 병원에서 언제 연락이 올지 몰라 불안하기만 했다. 그런데 환철의 생일 하루 전날인 9월 15일 새벽어둠을 가르고 전화벨이 울렸다. 올 것이 온 것이다.

평생 아들을 지켜 줘야 한다고 아들을 위해 살아야 한다고 강한 의지를 갖고 있었던 어머니는 나이 여든에 세상을 떠나셨다. 어머니의 유일한 혈육은 환철이고, 환철의 유일한 혈육은 어머니인지라 둘 사이는 보통 어머니와 아들 사이 이상일 수밖에 없었다. 건강하고 강인하셨던 어머니셨다. 어머니를 떠나보낸 후, 환철은 잘해 드리지 못한 점 하나하나로 괴로워했다.

환철은 어머니의 장례를 화장으로 결정하였다. 가슴이 찢어지는 듯 괴롭고 아팠다. 그렇게 아들을 위해 사셨던 분이셨다. 그럼에도 아들은 불편한 몸 때문에 산소에 가 뵐 수도 없어 묻어 드리지 못하고 화장을 해야 했으니, 어찌 가슴이 아프지 않을까. 지금이라면 봉안당이라도 모셨을 것을……

불교 신자셨던 어머님을 위해 평소 다니시던 사찰의 스님께서 정성을 다해 어머님의 천도를 빌었지만, 그 일은 내내 가슴에 남았다. 자신 때문에 어머님을 제대로 모시지 못하고 화장을 하게 되었으니, 이 또한 불효가 아닐 수 없었다.

아빠가 되고

...

어머니가 떠나신 후 빈자리가 너무 컸다. 어머니는 한 사람이었지만 아버지 역할도 하시고 집안 어른 역할도 하셨기 때문에 어머니의 부재가 더 크게 느껴졌다.

"여보, 우리 아기 갖는 거 어때요?"

아내가 먼저 제안하였다. 환철도 아내의 뜻을 따랐다.

그때, 거의 포기했던 기적이 일어났다.

그렇게 어머니께서 원하시면서도, 한 번도 입 밖에 내지 못하셨던 말.

손주를 갖고 싶다는 것.

우여곡절 끝에 쌍둥이가 들어선 것이다.

아들과 딸. 한꺼번에 얻은 것은 행운이었고, 딸아이는 신기하게도 엄마와 할머니를 반씩 닮았다. 하지만 성격은 정말 뵙지도 못한 할머니를 쏙 빼닮았다. 아내는 가끔 어떻게 보지도 않고 저렇게 성격이 같을 수가 있을까? 라고 딸아이를 보면서 혀를 내둘렀다.

아들의 돌 사진을 보면 환철과 판박이였다. 환철의 흑백 돌 사진을 옆에 두면 칼라와 흑백의 차이가 있을 뿐일 정도로 닮았다.

집안에 아기 울음소리가 나니 사람 사는 집 같았다. 하지만 아기를 한 명 키우기도 힘든데 아기 두 명을 키운다는 것은 생각했던 것보다 훨씬 힘들었다. 한 아이가 울면 자고 있던 다른 아기도 따라 울었다. 수유할 때도 한 명씩 순차적으로 먹일 수 있는 상황이 아니었다. 처음에는 육아를 도왔지만, 감당이 되지 않아서 아기를 돌봐주는 할머니를 고용하였다. 하지만 아내는 깔끔하고 부지런한 성격이어서 육아는 아내 몫이었다.

아빠가 된 환철은 이제 아이를 위해 더 열심히 살아야겠다는 생각을 하게 되었다. 아기를 쳐다보며 잘 키워야지 하는 다짐을 하곤 하였다.

환철은 쌍둥이를 쌍둥이처럼 키우지 않았다. 굳이 같은 학교에 보내려고 애쓰지 않았다. 남녀에 따라 차별할 생각도 없었고, 커 나가면서 저희들이 하고픈 일을 하도록 밀어줄 생각이었다. 잘 키울 자신이 있었다. 큰아이인 딸은 사립학교에 당첨이 되어 사립학교에 다니고 둘째인 아들은 일반 학교에 다녔다.

보통 아빠들처럼 아이들을 데리고 놀이공원에 가서 놀이기구를 같이 타고 하는 등의 아빠 노릇을 해 주지 못해 늘 미안한 마음이었지만 아이들에게 표현은 하지 않았다. 하지만 아이들은 아빠가 몸이 불편한 것을 전혀 거리끼지 않고, 아빠를 잘 따랐다.

고마웠다.

환철은 아이들이 4살이 될 때까지 매일 밤 아이들에게 옛날이야기를 들려주고, 소스가 떨어지면 스스로 지어 낸 이야기를 해 주면서 아이들을 재웠다. 아빠의 품에서 어릴 때부터 잠들었던 아이들이 아빠를 따르는 것은 어쩌면 너무 당연했다.

그렇게 생긴 아이들이 어느새 대학생이 되었다. 올해 22살. 딸은 영문학을, 아들은 정치학을 전공한다. 아이들은 자립심이 강해서 스스로 자기 길을 찾아서 열심히 가고 있다.

위기 속에 기회는 온다

...

환철은 자신이 몸담았던 곳에서는 지존과 같은 대우를 받았었다. 하지만 무협 시장이 망하고 난 다음, 그는 만화 스토리 작가로 변신했다. 그의 삶은 끊임없는 고난의 연속이었고, 그는 그 고난에 굴하지 않고 끊임없이 위기를 벗어났다.

그러나 아무리 금강이란 이름이 대단했어도 새로운 분야에 도전하면 시행착오를 겪기 마련. 그의 작품이 퇴짜를 맞을 때, 환철은 심한 충격을 받았다. 지금까지 한 번도 그런 일을 당해 본 적이 없었기 때문이다.

하지만 1년이 지난 후에야 겨우 인정을 받았고, 그 이후는 순탄했다. 탄탄대로와 같아 다시금 만화에서도 최고의 대우를 받게 되었다.

만화 스토리를 쓰는 스토리 작가로서의 삶은 평탄했다. 앞으로도 사는 데 지장이 없을 정도로 수입도 나쁘지 않았다.

그럼에도 환철은 목말랐다.

자신의 이름을 걸고 일을 했었다.

하지만 만화 스토리 작가는 당시만 하여도 자신의 이름을 걸고 작업할 수 없었다. 만화작가가 글과 그림을 모두 독차지하는 시대.

환철은 만화 스토리를 쓰면서 늘 고민했다. 돈을 벌기 위해 글을 쓰는 것이 작가의 길이 아니란 생각이 들었다. 당시 만화 스토리는 만화가 이름으로 책이 나가고 스토리 작가는 공개가 되지 않았고, 매절로 스토리를 넘겨야 해서 어떤 권리도 행사할 수 없어 작가로서의 정체성을 찾기 어려웠다.

아이디어만 떠오르면 하루에 한 편을 집필할 수 있을 정도로 환철은 이미 그 분야에서 인정받고 있었다. 그러나 그것으로는 만족하기 어려웠다.

그래서 만화 스토리를 소설로 바꿔 새로 쓰는 작업을 했다.

그것이 장르소설로는 최초의 배우를 쓴 TV광고 등을 하면서 화제를 불러 온 SF스릴러 『카오스의 새벽』이었다.

그러던 차에 계기가 생겼다.

야설록이란 동료 작가가 만화 사업을 시작하면서 소설을 다시 살려보자고 도와달라고 찾아온 것이다. 흔쾌히 수락하고 도서출판 뫼가 시작되었다.

시작에는 어려움이 많았다. 새로운 작가를 발굴하고 그들을 가르칠 사람이 필요했다. 환철은 기꺼이 그 일을 맡았고, 그의 손아래서 수많은 스타 작가들이 탄생했다. 사람들이 말했던 제2세대 무협의 부활은 그렇게 그의 손끝에서 이루어졌다. 월 30권 이상의 원고를 검토하고 가르치는 가운데 1년 반을 생각했던 무협의 부활은 불과 7개월 만에 이루어졌다. 무협의 부활이 확인된 순간, 그는 편집부의 일에서 손을 뗐다. 오로지 무협을 살리기 위해 맡았던 무보수의 작업이었기에 그도 자기 일을 해야만 했다. 예전 썼던 소설들을 다시 재간하는 작업을 하고 있었지만 아직은 큰돈이 되지 않았다. 3개월 작업한 결과물에 대한 원고료는 겨우 250만 원. 예전에 비하면 터무니없는 금액이었지만 그는 자신의 미래를 믿고 있었다.

그리고 채 1년이 되지 않아, 그는 연간 소득 1억을 바라보는 고소득자로 다시금 서게 되었다. 능력을 발휘하기 시작한 것이다. 유명한 야구선수인 선동열이 계약금 1억을 받고 입단하면서 사상 최고의 계약금 이야기를 하던 시절이니 그 수입이 얼마나 큰 것인지 알고도 남음이 있다.

예전에 썼던 무협소설들을 재간하기 시작했고, 거기에 더해서 이제는 사라지고 있는 중국 무협소설 중에서 걸작을 엄선하여 번역해 내놓기 시작했다. 금강이 번역한 중국 무협 시리즈는 최고의 퀄리티라는 소문이 나면서 본인이 쓴 것만큼 팔리는 기현상이 벌어지기도 했다.

환철은 소설 작업은 원고지에서 시작했다.

그러나 엎드려 쓰는 원고지 작업은 너무나 큰 무리를 하게 만들었다. 앉아서 작업할 것을 권유받고, 작업 효율을 위해 타자기로 바꾸었다. 싸구려 마라톤 타자기는 최고의 평가를 받는 스미스코로나로 바뀌었고, 다시 전동타자기로 바뀌었다. 그 전동타자기는 다시금 워드 프로세서에서, 마침내 컴퓨터로 바뀌게 되었다. 그의 글쓰기의 역사는 우리나라 작가들의 글쓰기 도구 변천사를 보는 것과 같았다.

컴퓨터는 신기한 세상이었다.

지금까지와 달라 집 안에 있으면서도 사람들을 만날 수 있고, 그들의 체취를 느낄 수 있었다. 컴퓨터를 배운 적이 없었던 환철은 PC통신을 통해 스스로 컴퓨터를 공부했다. 그가 속해 있으면서 몇 년 뒤 그가 선거를 통해 회장으로 선출된 하이텔의 OS동우회(OSC)는 안철수 등이 선배로 거쳐 갈 정도로 유명한, 회원 수가 5만 명을 넘어갈 정도로 당시 동양 최대인 볼륨을 자랑하는 곳이었다. 수많은 사람을 만나게 되었고, 환철은 놀랍게도 글이 아니라, 컴퓨터 업계에서도 주목받는 사람으로 변신했다.

그가 운영하는 OSC테스트랩은 국내에서 가장 강력한 파워를 지닌 테스트랩이었고, 국내의 거의 모든 컴퓨터 관련 제품은 그 테스트랩을 거쳐야만 인정을 받을 정도로 막강한 힘을 발휘했다. 삼성의 하드도, 도도꾸의 모니터도, 시동을 걸고 있던 고속모뎀도, 새로 나온 CD롬도, 하다못해 기록용 CD까지 그의 손을 거쳐 갔다. 한동안 글쓰기보다 컴퓨터에 몰입했을 정도로 신기한 세상이 그의 눈앞에 나타난 것이다.

하이텔 OSC에서 하는 공동구매는 영세했던 기업을 죽이고 살릴 만한 파워를 가졌다고 알려졌다.

그런 와중에 몇몇 동료들이 수준 미달의 무협소설을 시장에 쏟아 내면서, 그가 되살린 무협 시장은 다시금 바닥으로 추락을 시작하고 있었다.

고민 끝에 외도를 그만두기로 하였다.

세상이 변하고 있었기 때문이다.

하이텔에서 만난 사람 중에는 주식고수들도 있었다.

하이텔 주식동호회는 OSC처럼 이후 인터넷 주식동호회, 주식사이트의 모태가 될만큼 거대했고, 실력자들이 많았다.

주식은 자본주의의 꽃이라고 불린다.

환철은 글을 쓰면서, 컴퓨터를 하면서 주식도 전문적으로 뛰어들어 보았었다. 공부를 하지 않으면 절대 버틸 수 없는 곳이 주식시장이다.

차트를 보고 미래를 예측하기 위해서 공부하고 또 공부했다.

주식뿐 아니라, 선물도 했다.

초기에는 적지 않은 수익을 냈지만, IMF를 맞으면서 직격탄을 맞았다. 정말 쓰지 않고 먹지 않고 모았던 돈이 단 하루 만에 모래알처럼 사라졌다. 회복을 위해 노력해 보았지만 쉽지 않았다.

쓰디쓴 경험.

사실 주식을 하게 된 계기는 어머님 때문이었다. 모아 두었던 돈을 주식에 투자하시고 손해를 보고 가슴 아파하셨다. 그걸 도와드리려고 주식을 시작했지만 그 또한 주식과는 잘 맞지 않았다.

재미로 조금씩 한다면 몰라도.

모든 것을 정리한 환철은 향후 미래를 바라보았다.

당시는 하이텔 천리안의 PC통신이 나우누리 같은 초기의 인터넷으로 변화하던 시기였다. 세상이 바뀔 것이 느껴졌다.

책으로 보던 시기가 인터넷으로 바뀔 준비를 하고 있었다.

그래서 그는 과감하게 PC통신을 박차고, 인터넷으로 나갔다.

돈을 대고, 동료 작가 몇과 함께 사이트를 만들었다. 그러나 여러 사람이 하는 사업은 쉽지 않았고, 자신이 생각했던 대로 진행되지도 않았다. 결국, 모든 것을 정리하고 환철은 자신이 직접 사이트를 만들기로 했다.

물어물어 인터넷 사이트를 만들었다. 도움을 받다가 모자라 간신히 열게 된 사이트에서 찾아온 독자들과 밤새 이야기하면서 고치고 고쳐 만든 것이 당시 최초의 무협 전문 사이트인 'GO!武林(무림)'이었다.

후배들과 동료들을 망라하여 문을 연 GO!무림은 채 1년이 지나지 않아 당시 최고의 사이트가 되었다. 최고의 성적을 올리던 시절, 'GO!武林'은 우리나라 전체 사이트를 통틀어 90위권에 들어가는 대단한 곳이었다.

인터넷이 생기고 정보화가 시작되면서 그 정보화 시대의 혜택을 가장 많이 본 사람은 환철이라고 해도 과언이 아니었다.

그는 이제 컴퓨터 앞에서 모든 업무를 혼자서 해결할 수 있게 되었다. 소설을 쓰기 위해서는 자료수집이 필수인데, 그동안은 서점에 가서 책을 사거나, 국외의 필요한 자료는 사람들에게 부탁해야만 했었다. 신문 스크랩을 하고, 노트에 옮겨 적는 일을 끊임없이 했었다. 매월 수십만 원씩의 책 구입비를 지출했었다. 그런데도 원하는 내용을 찾지 못하는 경우가 많았다. 그래서 환철은 속독을 한다. 공부를 하는 것이 아니고 자료를 찾는 것이라서 골라내는 작업을 하면서 필요한 자료를 찾으면서 공부를 한 것이다.

그런데 인터넷 덕분에 도서관에 가지 않고서도 필요한 자료를 찾을 수 있고, 소설의 배경이 되는 중국의 작은 도시 모습도 인터넷을 통해 가서 보고 취재한 것 이상으로 자세한 정보를 얻을 수 있게 되었다. 소설 작업에서 가장 문제가 되었던 자료 찾기와 현장 취재가 인터넷이란 과학 문명으로 말끔히 해결된 것이다.

비록 세상에 빛을 보지는 못했지만, 그가 쓴 〈디워 2〉의 시나리오 배경이 되었던 LA를 묘사할 때도 구글어스를 보면서 거리 하나하나를 직접 보고 참고했었다.

세상은 하루가 다르게 발전해 갔다.

하지만 곧 올 것만 같았던 전자책의 시대는 쉽게 오지 않았다.

그것을 한순간에 뒤집어 놓은 것이 잡스가 세상에 발표한 스마트폰이었다.

환철은 잡스가 전 세계 문화를 바꾸어 놓을 것이라는 사실을 알고 있었다. 그 2002년 문을 연 소설 연재 사이트 'GO!武林'은 바로 그러한 준비에서 비롯했다.

이야기산업 성공 신화를 쓰다

...

　나이가 들면 새로운 것을 받아들이려고 하지 않지만, 환철은 달랐다. 변화하지 않으면 뒤처진다는 것을 그는 너무 잘 알고 있었다. 그렇기에 아날로그에 머물러 있지 않고 디지털 문화를 재빠르게 수용하였다. 2002년에 개설한 사이트 'GO!武林'에 경쟁에서 뒤처져 출간의 기회를 얻지 못하고 있던 재능 있는 작가들이 자유롭게 작품을 올려서 독자들을 만날 수 있도록 판을 깔자, 'GO!武林'에 들어오는 작가들과 독자들은 기하급수적으로 늘어났다. 그것은 무림의 콘텐츠가 다양해졌음을 뜻한다. 기발한 아이디어로 기존의 소설의 틀을 벗어난 자유로운 공간에서 쏟아 내는 이야기들로 방문자 수가 눈덩이처럼 불어났다. '고무림의 소설이 너무 재미있다. 기다려진다.' 등의 댓글을 달아 놓는 온라인 독자들이 무섭게 확산되었고, 예전과 달리 장르소설이 무협만 있는 것이 아니라, 판타지가 힘을 얻는 것을 보면서 고무림은 'GO! 무림판타지'로 판타지를 받아들이는 일차 개명을 했다가, 다시 2006년 소설의 유토피아 글 세상 '문피아(MUNPIA)'로 개명하여 무려 22개 장르를 받아들이면서 종합 문학 포털로써 독자층을 늘려갔다. 그러다 2012년 12월 27일, 주식회사 '문피아'를 설립하고, 2013년 벤처기업인증을 받아 그해 8월 유료화하면서 본격적으로 이야기산업의 사업화를 시작하였다.

현재 '문피아'는 명실공히 국내 최고의 문학 사이트가 되었다.

'문피아'는 국내 최대 웹소설 플랫폼으로 회원 수 50만 명 일일방문자 60만 명을 기록하고 있다. 또한, '문피아'는 온라인 연재소설의 중심으로 연재글 수가 100만 편이 넘고 연재 작가의 수는 무려 4만 명에 이른다. '문피아'의 목표는 대한민국 스토리 콘텐츠의 오픈 마켓이 될 수 있도록 선순환 수익 모델로 작가를 보호하고, OSMU(One Souse Multi Uses)를 통한 다양한 콘텐츠 유통망을 확보하는 것이다. 더 넓은 세계로 나가기 위해 영화, 드라마, 출간, 번역 작업을 국내 유수의 드라마 제작사, 웹툰업체와 함께하며, 아마존을 통한 미주 진출과 중국으로의 수출 등을 이미 시작한 상태다.

'문피아'의 2016년도 매출액은 191억 원, 금년 목표는 260억 원이다. '문피아'는 2013년 사업을 시작한 이래 2017년까지 불과 5년 만에 3,714%가 넘는 초고속 성장을 이룬 성공 신화의 주인공이 되었다.

MUNPIA

无限的故事

Every
Story
In
The World

<k-srory in china> 참가 포스터

베이징 국제도서전 참가 (2015, 2016)

디지털 북페어 코리아 참가 (2016)

후배 양성을 위해

...

소설의 새로운 플랫폼을 구상하면서 작가들의 권익을 위해 2006년 한국대중문학작가협회를 창립하였다. 집에서 혼자 작업을 하던 그는 협회를 조직하기 위해 사람들을 만나고, 관련 기관을 찾아다녀야 했다. 그 역시 그에게는 새로운 도전이었고, 그의 삶은 언제나 그렇듯 늘 도전의 연속이었다. 누군가가 앞장서지 않으면 아무것도 이루어지지 않는다는 것, 앞장서는 사람은 희생을 감수해야 한다는 사실을 깨달았다.

회장으로 해야 할 일들이 너무 많았다. 돈도 많이 들었지만, 그에게 가장 중요한 시간이 너무 많이 소요되어 낮에는 거의 작업을 할 수 없었다. 집에 들어가면 그때부터 원고를 쓰느라고 밤을 꼬박 새우다시피 하였다.

이렇게 공을 들여 키운 한국대중문학작가협회가 2015년 사단법인 인가를 받아 초대 이사장에 오르면서 문단에 새로운 파워를 형성하게 되었다. 주류 문단에서 볼 때는 다소 가볍게 보일 수는 있어도 이미 우리

사회는 고전적인 소설보다는 대중문학계가 대중문화를 이끌어 가고 있는 상태였고, 전 세계는 이미 오래전에 장르화가 진행되어 확고한 주류가 된 상태이다. 미국의 스티븐킹도 장르작가이며, 최고의 작가가 된 해리포터의 조앤롤링도 장르작가인 것. 한국에 번역되는 일본의 인기작가들 거의 가 다 장르작가.

그럼에도 유독 우리나라만 장르작가에 대한 대접이 푸대접 수준이다.

협회 활동을 하면서 2010년 한국콘텐츠진흥원 부설 스토리창작센터 운영위원장으로 스토리텔링의 콘텐츠화에 큰 기여를 하였다. 작가로서 글을 쓰는 것도 중요하지만, 대중문학 생태계를 만들어 가는 것도 보람 있었다. 무엇보다 스토리창작센터에서 운영하는 스토리창작스쿨의 전임교수로 강의하며 대중작가를 양성한 것은 김환철에게 큰 동기부여가 되었다. 초등학교 2학년 때 오진으로 말미암아 학교라고는 초등학교 2학년까지의 수료가 전부였던 그였다. 그런 그가 그분야에서 최고가 되면서 학위가 없어도 인정받는 사람이 된 것이다.

모든 문화의 기반은 문학, 텍스트에서 시작한다. 스토리를 만들지 않으면 드라마, 영화, 연극, 뮤지컬 심지어 콘서트까지도 고객을 만족시킬 수 없다. 그래서 우리나라 문화산업을 육성시키기 위해서 작가 교육이 가장 시급하다. 그런데 문제는 작가를 교육할 전문 강사가 매우 부족하다는 것이다.

작가로 성공했다고 좋은 강사가 되는 것은 아니다. 작가가 되고 싶어 하는 사람들의 잠재력을 찾아서 그것을 개발해 줄 수 있어야 좋은 강사라고 할 수 있다. 사람의 특성에 따라 작가로서의 성장 가능성이 달라지기 때문에 일반적인 획일화된 강의로는 제대로 된 작가를 양성할 수 없다는 것이 환철의 지론이다.

작가 아카데미가 그렇게 많아도 작가로서 역할을 하는 작가가 많지 않은 것은 바로 맞춤형 교육을 하지 않았기 때문이라고 그는 말한다. 그래서 그는 '문피아' 발전을 위해 가장 필요한 것이 작가 교육이라고 믿고 아카데미를 본격적으로 운영할 계획을 세우고 있다.

올해 그는 사옥을 구입하고, 1층에는 북카페, 2층부터는 강의실, 집필실, 자료실 등 작가들을 위한 공간으로 꾸며 복합 엔터테인먼트 문화 사업에 진출할 예정이다.

쉬운 시기는 없었다

...

하지만 새로 인터넷 사이트를 시작한 그의 앞길에 늘 꽃길만 있었던 것은 아니었다. 끊임없이 그를 따라다닌 악운은 이번이라고 해도 다르지 않았다. 만약 그때 그 일만 없었다면 그는 지금까지 좀 더 많은 글을 써서 발표할 수 있었을 터였다.

'GO!무림'이 여러 장르를 받아들이면서 'GO!무림판타지'로 개편된 것은 이미 말한 바와 같다. 그 당시 환철은 『소림사』를 출간하면서, 일방 'GO!무림판타지'에서는 『질풍노도』라는 신작을 연재 중이었다. 그의 글이 올라오면 전체 사이트가 느려질 정도로 인기가 높았다.

그때 그는 다시 한 번 모험을 결심하게 된다.

당시 eBook, 전자책 시장은 아직 개화되지 않았었다. 그 뒤로도 한참 그렇게 시간을 끌었고 10년이 지난 지금에서야 전자책 시장은 웹소설이라는 이름으로 화려하게 꽃피고 있다. 2005년 환철은 당시 전자책 시장의 독점적인 기업인 북토피아와 제휴를 하고 있었다. 북토피아는 여러 출판사에서 투자하여 만든 전자책 전문 기업이었고, 여타의 다른

금·강·장·편·소·설

카오스의 새벽

1 망각에서 온 사나이

바로본

장르 최초 TV광고 SF소설 <카오스의 새벽> (전 3권)

업체와는 달리 정산이 투명한 회사였다. 환철은 그 기업을 적극 지지했고, 그의 지지에 북토피아는 업계 탑이 될 수 있었다. 그의 영향력을 엿볼 수 있는 대목이다.

환철은 바로 그 북토피아에 제안 하나를 하게 된다.

바로 현재 책으로 출판하고 있는 소설들을 북토피아에서 유료로 서비스하자는 것이었다. 얼핏 들으면 전자책으로 만들어 파는 것과 다름이 없어 보였지만, 실제로는 전혀 다른 부분이 있었다. 그것은 바로 연재형식이라는 것. 지금 '문피아'는 연재가 주력이다. 그런데 무려 10년 전에 그것을 미리 도입하려고 한 것이다. 스티브 잡스도 없고 아이폰도 없던 시절에.

환철의 시도는 업계 전체에 빅뱅을 불러일으켰다.

약간은 시들했던 장르소설계에 새로운 바람이 불어온 것이다.

당시 장르 책이 출간되는 진행은 이러했다. GO!무림판타지에서 무료연재—출판사와 계약—출간—대여점 및 서점 판매.

그런데 그 방식에 유료연재가 끼어든 것이다.

무료연재—유료연재 및 출판사 계약—출간—대여점 및 서점 판매.

누구도 성공하리라 생각하지 않았지만, 놀랍게도 이 시도는 제대로 맞아떨어져 폭풍이 되었다. 출간되는 소설들을 미리 볼 수 있는 유료연재에 독자들이 열광하기 시작한 것이다.

작가도 독자도 모두 함박웃음을 지었다.

하지만 전혀 생각지 못한 사태가 벌어졌다.

당시 오비디오라고 하는 대여점 사이트가 있었는데, 그 사이트는 발록이라는 닉을 쓰는 대여점주가 운영하고 있었다. 그 대여점주는 'GO! 무림판타지'의 대여정보란을 통해 오비디오라는 사이트를 키운 사람이었다. 그 대여점주가 사이트에 오는 대여점주들을 선동해서 환철을 공격하기 시작한 것이다.

그 논리를 보면 너무 어이가 없다.

"작가는 대여점의 개다. 개도 키워 준 사람을 물지 않는데, 감히 지금 주인을 물려고 한다. 특히 'GO!무림판타지'의 주인인 금강은 화형당해 마땅……."

작가를 자신들이 키우는 개라니? 말도 안 되는 논리에 환철은 물론이고, 작가들까지 분노해서 들고일어났다.

작가들의 책이 대부분 대여점에서 판매되는 것은 맞지만, 그렇다고 작가가 개이고, 자신들이 주인이라고 하다니. 너무 어이없는 일이었다. 하지만 일은 그것으로 끝이 아니었다. 대여점의 공격은 시작이었고, 유료연재를 하는 작가들을 공적이라고 표현하면서 'GO!무림판타지'에 있는 작가들의 작품을 사지 말도록 압력을 행사하기 시작했다. 하지만 실제로 큰 의미는 없었고, 시장에 별다른 영향을 줄 수도 없는 일이었다. 어떻게 다른 가게에 있는 작품을 자신만 사지 않을 수 있겠나. 하지만 당장 여린 마음의 작가들이 하나둘 이탈하기 시작했다. 그것을 보자 신난 대여점주는 연일 작가 살생부를 공개하면서 난리를 쳤다.

작가들 사이에서 문제가 불거졌다.

그들에게 동조하고 눈치를 보는 작가들이 생겼고, 그렇지 않은 작가들은 그들을 비난했다. 작가들의 분열을 보는 환철의 마음은 당연히

편치 않았다. 고민에 고민을 거듭하던 환철은 결국 대여점의 작가에 대한 공세를 철회하는 조건으로 유료연재를 접기로 했다. 출판사와 총판 등 많은 문제가 얽혀 있어 어쩔 수 없는 후퇴였다.

그렇게 한바탕 폭풍이 몰아치고 끝나는가 했지만, 대여점에서는 자신의 영향력을 더 키우고자 약속을 어기고 정말 주인 행세를 하려 들었다. 거기에는 환철에 대한 인신공격도 적지 않았다. 참다못한 환철은 다시 작가를 대신하여 그들과 싸우지 않을 수 없었다. 그 바람에 당시 출간하던 『소림사』는 출간이 중단되고 완결까지 무려 10년이 걸렸다.

도를 넘은 그들의 횡포에 환철은 결국 그들을 모두 고소했고, 그들은 형사고발을 당해 모두 유죄가 되었다. 작가를 공격하고, 작가들을 이간질시킨 그 상황이 완전히 끝난 것은 그다음으로도 무려 몇 년이 더 흘러가서였다. 한순간도 쉬운 시기는 없었다. 하지만 환철은 그 시기를 딛고 일어서면서 작가들에게 더 큰 신망을 얻었다.

내일을 향해 달리다

...

세계로 to the World
미래로 in the Future
꿈을 위하여 for the Dream

'문피아'의 사무실 앞에 새겨진 이 사훈은 그의 신념이고 목표다.

그는 작년에 입학했던 서울대 최고경영자과정(AMP)을 올해 수료하였다. 누구나 들어갈 수 있는 곳이 아닌, 연 매출 100억 이상의 기업 경영자들만 엄격한 면접을 거쳐 들어갈 수 있는 데 무려 82기나 되는 회차 가운데 휠체어 장애인으로서는 최초의 졸업생이 되었다.

정규교육은 초등학교 2학년이 전부이고 검정고시를 통해 혼자서 하는 독학 교육을 받았는데 65명의 원우, 그것도 우리나라 재계를 대표하는 기업의 경영자들과 어깨를 나란히 하고 수업을 받았다. 그는 정말 많은 것을 배웠고, 그 배움을 통해 많은 것을 생각했고, 무엇보다 각계각층의 많은 분을 만난 것은 큰 자산이 되었다.

"저도 졸업이란 걸 해 보네요."

이 말에서 보듯 그는 제도권 교육에 대한 선망이 있었다. 2학기부터 대학에서 강의를 할 예정이었지만, 강의를 내년으로 미루고 그는 올해 사이버대학에 입학했다. 늦게나마 공부를 위해서…… 그런 뜻은 아니었다. 여기저기에서 그의 전문적인 지식을 탐내 교수로 초빙코자 했었지만 끝내 쉽지 않았다. 국내의 법이 대학 졸업자가 아니라면 대학에서 강의하기 어렵게 되어 있어서였다. 고민 끝에 대학 졸업을 하고 본격적으로 움직여 보기로 했다. 앞으로 후배들을 교육하는 사업까지 하려면 더더욱 필요할 것으로 보기 때문이다. 검정고시를 치르다 말아 대학 입학 자격이 없었던 그는 올해 고졸 검정고시를 치러 우수한 성적으로 합격했고, 후기 대학에 입학하여 문화콘텐츠기획을 공부하기로 했다. 시작하면 끝을 보는 그의 삶, 그대로 그는 5년 이내에 최소 석사, 그 뒤로 박사학위까지를 염두에 두고 있다. 그게 필요하다고 생각하니까. 아직도 하루 3~4시간밖에 자지 못하고 새벽까지 일을 하지만, 그것이 괴롭지 않다. 장애를 갖고 아무것도 할 수 없었던 시절의 고통을 딛고 작가로 경영자로 당당히 일어설 수 있었던 그의 철학과 신념 그리고 경험을 후배들에게 가르쳐 주고자 그는 오늘도 뛴다.

그런데 우리가 눈여겨볼 것은 김환철의 도전은 아직 끝나지 않았다는 사실이다. 그는 지금도 미래를 향해 달리고 있으니까.

일신우일신을 곁에 좌우명으로 두고 살았던 그는 요즘 또 하나의 화두를 경영에서 잊지 않고 있다.

인터넷 시대에서 기업은 2등이 살 수 없는 환경이다.

문피아 현판

주식회사 <문피아> 내부

그래서 그는 자신이 운영하는 '문피아'가 2등이 되길 원치 않는다. Fast Follow는 2등이 1등을 쫓아가기 위한 전략이다. 하지만 '문피아'는 이미 1등이고, 더 혁신해야만 한다. 그래서 그가 지금 고민하고 추진하고 있는 사업은 first mover라는 단어와 맞닿아 있다. 이젠 창조하고 개척자라야만 한다고 그는 믿는다. 글도 사업도.

열심히 일하는 그에게 가장 큰 적은 건강 문제이다. 워낙 강골이라고 불리던 그는 청년 시절에 상체로 할 수 있는 운동이란 운동은 다 하면서 체력을 단련시켰기 때문에 밤을 새워서 집필해도 끄떡없었다. 하지만 나이가 들자 건강에 이상 신호가 왔다.

올 4월 감기 증상이 있어서 가볍게 감기약을 먹었는데, 갑자기 열이 40도까지 올랐다. 척수마비 장애인은 소변 관리가 잘 안 되면 방광에 염증이 생겨서 열이 난다. 치료 시기를 놓치면 요독증이 오고 소변이 역류를 하면 온몸의 피가 감염되어 패혈증으로 생명이 위독하게 될 수도 있다.

고열의 원인을 찾지 못해 끙끙 앓으며 내과, 이비인후과를 거쳐 정형외과로 갔다. 그곳에서 고관절에 작은 고름 주머니가 보인다는 진단을 받았다. 마비된 다리이다 보니 다리에 통증을 느끼지 못해 진단이 늦어졌다.

"약물치료로 염증을 없애고 고름 주머니가 줄어드는지 지켜보고 수술 여부는 그때 가서 결정하기로 하죠."

병원에 입원해 있으면서도 머릿속에는 회사 일로 가득했다. 그가 결

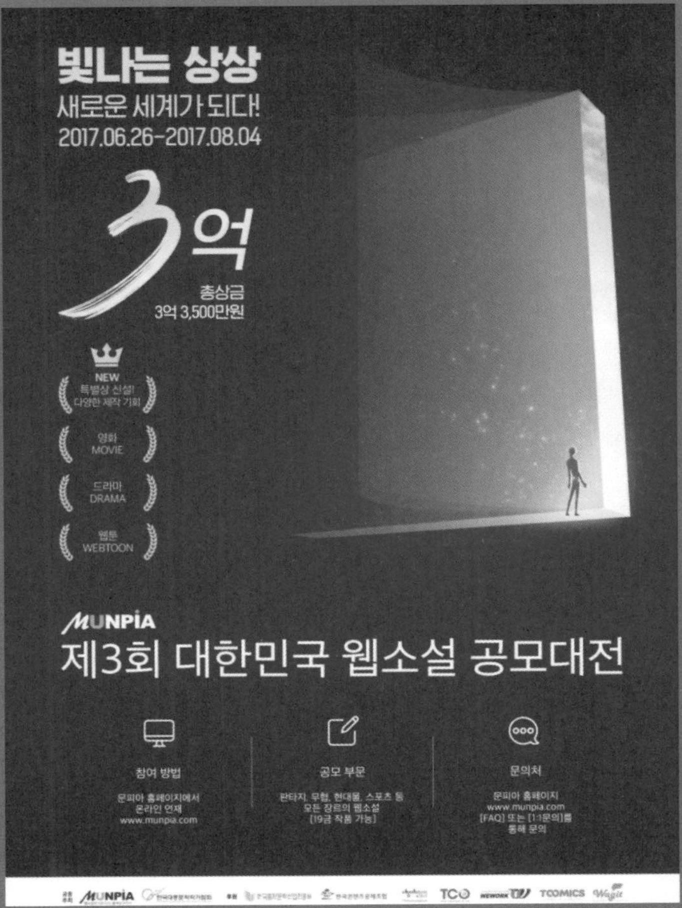
빛나는 상상
새로운 세계가 되다!
2017.06.26-2017.08.04
3억
총상금
3억 3,500만원
NEW
특별상 신설!
다양한 제작 기회
영화
MOVIE
드라마
DRAMA
웹툰
WEBTOON
MUNPIA
제3회 대한민국 웹소설 공모대전
참여 방법
문피아 홈페이지에서
온라인 연재
www.munpia.com
공모 부문
판타지, 무협, 현대물, 스포츠 등
모든 장르의 웹소설
[19금 작품 가능]
문의처
문피아 홈페이지
www.munpia.com
[FAQ] 또는 [1:1문의]를
통해 문의
MUNPIA
TCO
TOOMICS

공모전 포스터

문피아 소설 〈탑 매니지먼트〉

문피아 소설 <요리의 신>

정해야 할 일들이 산더미처럼 쌓여 있어서 그는 열이 가라앉는 듯하자 퇴원을 고집하였다. 병원에서는 퇴원을 말렸지만, 그에게는 아플 시간도 없었다.

그래서 싸우고 싸워 결국 그날 밤늦게 퇴원을 하고 집으로 가자마자 컴퓨터 앞에 앉아 일을 시작하였다.

아플 시간이 없을 정도로 바쁘다는 것이 오히려 그의 건강을 지켜 주고 있는 것 같기도 하다.

'문피아'는 어디까지

...

2015년 인터넷 부문에서 국내 최초로 국무총리상을 수상한 '문피아'는 내년에 코스닥시장에 상장하게 된다. 상장하게 되면 문학 포털로서, 플랫폼으로서는 최초로 상장하는 새로운 신화를 쓰게 될 것이고, '문피아'는 문화콘텐츠의 전초기지가 될 것이 분명하다. 이제 독자는 서점에 나온 책을 사고, 영화관에 가서 개봉 영화를 보는 것이 아니라 작가에게 미리 투자해서 그 작가가 콘텐츠를 개발하고 그것이 대박을 쳐서 독자에게 수익이 생기는 구조로 문화산업이 발전하는 구조로 전개될 것으로 전망된다.

다 만들어 놓은 상품을 독자가 선택하는 것이 아니라 상품을 만드는 일에 참여하게 되는 적극적인 생비자(생산자+소비자)가 되는 것이다. 이것을 가능하게 만드는 것이 바로 4차 산업이다. 3차 산업은 매스미디어가 플랫폼이었지만 4차 산업은 사물인터넷(iOT)으로 인터넷에 뭔가를 연결시키게 되는데, 그것이 연결되어 무엇을 소비하게 되느냐, 가 바로 4차 산업의 시장을 형성하는 키워드가 될 것으로 환철은 보고 있다. 그 무엇이 바로 문화콘텐츠이며 그 콘텐츠를 개발하는 사람은 과학자가 아니라 창조적인 능력을 가진 작가이다.

아직도 시장은 넓다. 우리나라 사람처럼 창조적인 능력을 가진 국민이 없다고 생각된다. 이 능력으로 우리는 문화콘텐츠 강국이 될 수 있다는 확신으로 환철은 세계 진출을 계획하고 있다.

이제 순수문학보다는 종합예술의 기반이 되는 이야기산업이 4차 산업을 선도하게 될 것이다. 이 세상에 존재할 수 없는 세상을 만화가 그려내고 영화가 만들어 내듯이 사람의 상상력은 무한대로 뻗어 갈 텐데 우리는 아직 그 변화를 받아들일 마음의 준비가 되지 않은 상태다. 하지만 이제라도 준비하지 않으면 늦다.

가상현실(VR), 증강현실(AR)은 생각보다 빨리 우리 곁에 와 있다.

그는 가상현실보다 증강현실이 더 빨리 우리 곁에 오게 될 것으로 믿고 있고, 궁극적인 미래인 혼합현실(MR)은 가상현실과 증강현실이 구현되기 시작하면 바로 다가올 것으로 예측한다.

Mixed Reality(MR)은 콘텐츠의 궁극적인 진화를 이끌 것으로 보인다. 그 시대가 되면, 작가는 그냥 글만 쓰는 것이 아니라, 디렉터(director:감독)가 되어 자신의 작품을 조율하는 미래가 우리의 눈앞에 곧 펼쳐질는지도 모른다. 그는 그렇게 미래를 준비하고 있다.

그는 우리나라 콘텐츠를 세계 여러 나라에 알리기 위해 작품을 미리 번역해서 세계 시장에 내놓으려고 한다. 한류를 믿고 몇몇 작품이 수출되었다고 콘텐츠 강국이 되는 것은 아니다. 세계를 정복하기 위해서는 그만큼 좋은 콘텐츠를 많이 보유하고 있어야 한다.

시장을 개척하고, 작가를 키우고.

단순히 글을 쓰고, 재미난 콘텐츠를 가지고 있다고 해서 해외에서 성공할 수 있을 거라고 생각하지 않는다. 해외에 맞는 콘텐츠를 개발해야만 한다고 생각한다. 그래서 작가를 키우는 작업에 정성을 들인다.

이렇게 많은 사업을 구상하고 있다 보니 '문피아'는 매년 이사를 한다. 첫해 '문피아'는 11평에서 시작하였지만 다음해에 70평으로 늘려갔고 그다음엔 150평 사무실로 이전하였다. 현재 직원이 37명인데, 매달 사원수가 늘어나고 있다. 2013년 시작할 때 그와 프로그래머 1명. 단 2명이 '문피아'를 시작했음을 생각한다면 놀라운 발전 속도다.

'문피아'를 시작한 후, 2015년에만 해도 월수입이 600만 원인 작가가 최고 원고료 수입자였는데, 올해는 최고 원고료 수입이 월 7천만 원에 이르고 있다. 기초 자본 없이 오로지 재능으로 월 7천만 원을 번다는 것은 놀라운 일이다.

그는 그것이 이제 시작이라고 말한다.

재능만 있다면 진심으로 도전해 볼 만한 분야이다. 웹소설의 미래는 무궁무진하다. 폭발적인 성장세를 보이고 있지만, 그는 아직도 지금이 시작이라고 믿고 있고, 그것은 '문피아'의 발전으로 사실로써 증명되고 있다.

오늘이 있기까지 무려 37년 동안 작가의 길에서 온갖 비바람을 온몸으로 받아내야만 했다. 사실 지금도 많은 어려움이 그 앞에 놓여 있고, 그 문제를 해결하기 위해 수없이 도전해야 한다. 도전에 실패하기도 할 것이다. 하지만 포기하지 않고 앞으로 나가는 것만이 자기를 지켜 줄 것이라는 사실을 환철은 잘 알고 있다.

장애는 장벽이 아니다

...

환철은 장애인문학에 대해 회의적이다. 내가 아프다고 얘기하는 것을 사람들은 듣기 싫어한다는 것이다. 장애문인도 이제는 자기 얘기가 아니라 사람 얘기를 해야 한다. 사람들은 따뜻한 이야기, 베푸는 이야기에서 위안을 받기 때문에 해피엔딩을 원한다.

자신이 소비하는 문화콘텐츠가 스트레스를 준다면 다시 그것을 선택하지 않게 되는 것이 소비자인 것이다. 앞으로의 소비자는 점점 인내심이 없어지기 때문에 싫어도 참고 기다려 주지 않는다.

장애가 콘텐츠를 개발하고 글을 쓰는데 전혀 방해가 되지 않기 때문에 이제부터 당당히 작가로 도전해 볼 것을 권한다. 그는 그동안 몇몇 장애인 작가들과 교류하며 자신의 작가군에서 활동할 수 있도록 지원을 하였지만, 끈기 있게 매달리지 못하고 중도에 포기하는 것을 여럿 보았다고 했다. 장애인이라고 봐준다거나 장애인이니까 이 정도만 해도 잘한 것이라고 칭찬해 주는 것은 독이다.

그는 지금까지 자신의 장애 때문에 타인에게 피해를 주는 일을 하지 않았다.

엘리베이터가 없는 2층, 3층에 있는 출판사와 회의를 해야 할 때, 찾아가야만 할 때라면, 거기 가서 당당히 아래로 내려올 것을 요구했다. 눈치를 보는 것은 그의 성격에 맞지 않는다.

그는 스스로를 소심하고 내성적이라고 표현한다. 하지만 그의 말을 믿는 사람은 '문피아' 내에서는 아무도 없다. 무슨 내성적, 소심한 사람이 그런 일을…… 이라고들 하기 때문이다.

그것을 두고 그는 이렇게 말한다.

내가 움츠려 있으면 누구도 나를 알아주지 않는다. 그래서 다가가야 했고, 드러내야 했다. 그러다 보니 원래 성격이 잘 보이지 않는다고 그는 웃었다.

지금도 사업을 하다 보면 많은 사람을 만나야 하는데 그 사람 중에는 환철이 휠체어를 사용하는 사람이라는 것을 미리 아는 경우도 있지만, 모르고 첫 대면을 하기도 한다.

예전 같지 않고 요즘은 장애인이라고 놀라워하지는 않는다. 그리고 상대는 이내 그의 해박함과 진심에 압도당한다. 중국 iReder는 중국 최대의 모바일 회사다. 그곳에 '문피아'를 찾아왔다가 대표님을 존경한다고 감탄한 이유가 바로 그의 진심과 미래를 향한 비전을 보았기 때문일 것이다. 그렇게 해서 그는 누구보다 좋은 조건으로 그곳과 계약할 수 있었다.

장애는 불편하다고 말하는 순간 장애인이 된다고 생각하기에 그는 평소 장애 때문에 무엇을 할 수 없고 무엇이 힘든다는 얘기를 하지 않

금강 장편무협소설 ①

金劍驚魂

금
검
경
혼

서울창작

데뷔작 <금검경혼>

금강 민족 역사 무협 소설

위대한 후예 1

풍운은 일고

DRAGON BOOKS

경향신문 연재작 <위대한 후예> (전 8권)

는다.

물론 사회생활에서 많은 장벽에 부딪힌다. 최고경영자과정 공부를 하면서도 졸업여행을 갈 때에도 장애는 불편했고, 그라고 해도 자유로울 수는 없었다. 원우들이 모두 기업인들이라서 골프 모임도 자주 가지며 인맥을 쌓았다. 하지만 그는 골프 모임에 참석할 수 없었다. 그렇다고 해서 다른 자리에까지 못 가는 것은 아니었다. 연간 수천억의 매출을 올리는 대표들이 형님이라고 부르는 그는 이제 작가를 넘어 사업가로서, CEO로서 세상을 향해 달리고 있다.

앞으로 그는

...

처자식 굶길 걱정은 없는 능력 있는 사위라는 것을 처가에서 인정을 받은 것만으로도 큰 소득이다. 장모님은 아이들이 태어나면서 자주 들르시어 친근한 사이가 되었지만, 장인 어르신은 돌아가실 때까지 직접 뵙지 못하였다. 하지만 사위로 인정하셨기 때문에 회한은 없다.

그는 '문피아'가 안전 궤도에 오르면 후배에게 맡기고 자신은 글을 쓰고 싶다고 했다. 요즘 회사 일을 하느라고 작품을 쓰지 못하는 것이 가장 안타깝다고 한다. 그는 스스로를 모든 장르의 글을 쓸 수 있는 사람이라고 했다. 한 분야에서 극에 이르면 모든 것이 통한다는 말과 함께. 글을 쓰는 데는 아직 자신이 충만하다. 그렇기에 후배들을 가르치고 있는 것이기도 할 터이다.

지금도 그는 세계적 문화 트렌드를 분석하기 위해 영화, 드라마를 2배속으로 본다. 2배속 이상으로 보면 내용 파악이 어렵지만, 그는 아주 익숙하다. 그에게 항상 부족한 것이 시간이고 그에게 가장 소중한

지금도 여전히 컴퓨터 앞에서

것은 시간이기에 시간을 아껴야 한다. 그에게는 잠자는 시간도 아깝고, 밥 먹는 시간도 아깝다. 그는 자기가 하는 일에 언제나 최선을 다하며 열심히 일한다.

돈을 좀 벌었다고 돈으로 할 수 있는 유희를 즐기거나 자신의 성공을 과시하려는 생각이 전혀 없다. 영원히 문화예술 현장에서 최고의 문화콘텐츠를 창조해 내기 위해 자신의 모든 시간과 노력을 기울이는 예술발명가이다.

우리나라 대중문화에서 김환철은 정말 큰 기여를 하였다. 그 김환철에게 장애가 있었다는 사실은 후배들에게 힘을 주는 희망의 포인트일 뿐이다. 김환철은 이야기산업 성공 신화의 주인공으로서 영원히 기억될 것이다.

금강 대하무협소설 <소림사> (총 177화)

1981년 『금검경혼』 데뷔
1987년 최초의 서점용 무협 『발해의 혼』 베스트셀러
1988년 만화 시나리오 작가로 94년까지 활약
1995년 SF소설 『카오스의 새벽』 장르 최초의 TV광고
1996년 경향신문 『위대한 후예』 연재 시작
1999년 일간스포츠 『대풍운연의』 연재 시작

2002년 소설 연재 사이트 'GO!武林' 개설
2004년 온라인 MMORPG게임 영웅 메인시나리오 작업
2006년 GO!무림을 '문피아'(MUNPIA)로 개명
2006년 한국대중문학작가협회 창설 초대 회장
2010년 한국콘텐츠진흥원 부설 스토리창작센터 초대 운영위원장
2010년 한국콘텐츠진흥원 부설 스토리창작센터 전임교수

2012년 주식회사 '문피아' 설립 대표이사
2013년 주식회사 '문피아' 유료전환
2015년 사단법인 한국대중문학작가협회 발족 초대이사장
2015년 상금 3억 7천의 제1회 대한민국 웹소설 공모대전 개최
2015년 2015 미래부 주최 대한민국인터넷대상 국무총리상 수상
2016년 상금 3억 8천의 제2회 대한민국 웹소설 공모대전 개최
2016년 우수벤처기업 수상
2017년 상금 3억 5천의 제3회 대한민국 웹소설 공모대전 개최
2017년 한국전자출판물윤리위원회 이사
2017년 한국SWICT총연합회 이사 외.

1997년 9월 역사무협소설 「위대한 후예」 출간시작 시공사
1997년 11월 본격무협소설 「風雲大英豪」 전3권 출간, 도서출판 뫼
1998년 1월 본격무협소설 「驚動天下」 전4권 출간, 시공사
1998년 3월 본격무협소설 「英雄君臨志」 전3권 출간 도서출판 뫼
1998년 5월 본격무협소설 「風雲第一家」 전3권 출간, 시공사
1998년 7월 본격무협소설 「千秋傳奇」 전3권 출간, 도서출판 뫼
1998년 9월 본격무협소설 「千秋君臨志」 전3권 출간, 도서출판 뫼
1999년 1월 정통무협소설 「대풍운연의」 일간스포츠 연재시작
1999년 3월 중국번역무협 「無名簫」 전6권 출간, 도서출판 뫼
1999년 9월 역사무협소설 「위대한 후예」 전8권 출간, 시공사
1999년 10월 중국번역무협 「浣花洗劍錄」 전6권 출간, 도서출판 뫼

2000년 5월 역사소설 「渤海의 魂」 전4권 재출간, 시공사
2000년 6월 본격무협소설 「蕩魔至尊」 전3권 출간, 도서출판 뫼
2000년 11월 중국번역무협 「飮馬黃河」 전3권 1부 출간, 도서출판 뫼
2000년 12월 중국번역무협 「飮馬黃河」 전3권 2부 출간, 도서출판 뫼
2001년 12월 대하무협소설 「大風雲演義」 전11권 출간, 도서출판 청어람
2002년 8월 본격무협소설 「天山遺情」 전3권 출간, 시공사
2004년 10월 본격무협소설 「소림사」 출간시작 청어람
2014년 3월 판타지 「절대군주」 네이버 초청연재
2016년 1월 본격무협소설 「소림사」 완결 외.